MALIKA MOKEDDEM

Je dois tout à ton oubli

ROMAN

GRASSET

© Éditions Grasset & Fasquelle, 2008.
ISBN : 978-2-253-12742-0 – 1re publication LGF

Pour Claudine Sabbah

Je préfère lutter trois fois sous le bouclier,
plutôt que d'accoucher une seule.

Euripide, *Médée*.

Ce vent hanté

La main de la mère qui s'empare d'un oreiller blanc, l'applique sur le visage du nourrisson allongé par terre auprès de la tante Zahia et qui appuie, appuie. Cette main qui pèse sur le coussin et maintient la pression. Les spasmes, à peine perceptibles, du bébé ligoté par des langes qui le sanglent de la racine des bras à la pointe des pieds. Le cri muet des yeux de Zahia qui semble tout figer.

Selma frissonne. Est-ce un cauchemar ? Se serait-elle assoupie, elle, l'insomniaque ? Après ce qu'elle a vécu dans l'après-midi ? D'où sort cette vision démoniaque ? Elle se cabre, écoute la tramontane mugir dans les chênes, regarde les flammes s'affoler dans la cheminée, se lève, y rajoute une bûche, se sert un whisky, tente de se calmer. Plus tard, elle prendra un somnifère.

Sur le qui-vive, elle se perche sur l'accoudoir d'un fauteuil. Aussitôt, l'assaut de la mère munie du coussin blanc, le tressaillement du petit corps bandé, l'expression du regard de la tante Zahia lui reviennent. Ils sont d'une netteté, d'une acuité étonnantes. Le champ de la scène s'agrandit. Un poêle noir ronronne. Le sol est en terre battue. Le vent fulmine, crible la porte, infiltre du sable par toutes les fentes des planches. Il est âcre.

Selma écarquille les yeux, regarde sa cheminée en fonte qui ronfle de concert avec la tempête de la nuit, entend le vent de sable rugir dans la tramontane. « C'est grave... Est-ce que j'ai des bouffées délirantes ? » Pourquoi se sent-elle à ce point affectée par la perte de cette patiente ? Certes, les circonstances de cette mort sont accablantes.

L'image de la femme, vivante, lui procure une brève accalmie. Selma la revoit dodue, joyeuse. Elle entend le mari l'appeler « ma caille ». Caille lui va à ravir, s'était dit Selma en observant son dandinement d'une jambe sur l'autre.

La consultante lui avait été adressée pour une syncope survenue quinze jours auparavant. Le docteur Selma Moufid lui avait posé un Holter la veille qu'elle devait lui retirer aujourd'hui. Ses antécédents familiaux étaient alarmants : deux frères morts brutalement autour de la quarantaine, loin de Montpellier, de façon inexpliquée. Jusque-là négligente, la femme avait fini par obtempérer aux injonctions de son médecin. Mais elle avait d'emblée écarté la perspective d'une hospitalisation immédiate, subordonnant celle-ci aux résultats des premiers examens. L'électrocardiogramme n'avait montré qu'un sus-décalage du segment ST et un bloc de branche droit. L'échocardiographie n'avait rien révélé de bien inquiétant. Cependant, l'enregistrement de l'activité cardiaque durant un nycthémère, le cycle biologique des vingt-quatre heures, s'impose en pareil cas. Il permet de déceler d'éventuels troubles du rythme qui, pour transitoires qu'ils puissent être, ne représentent pas moins un pronostic préoccupant.

Quelle ne fut pas la stupéfaction du docteur Selma Moufid de se trouver, en début d'après-midi, face au mari, seul, la mine sombre, les yeux rougis, l'appareil dans les mains : « Docteur, ma femme est morte cette nuit. Le médecin du SAMU a dit qu'avec ça, vous, vous pouvez me dire ce qu'elle a eu. » Pétrifiée, Selma Moufid avait bégayé : « Mais, comment ? Comment ? » Avant de fixer l'appareil avec répulsion. Si la cause du décès est cardiaque, alors oui, son explication est là dans le boîtier. Au comble des affres, Selma Moufid n'avait pas tardé à comprendre que son Holter, à visée diagnostique, avait peut-être contribué à perdre la patiente.

Réveillé dans la nuit par un « ronflement anormal » de sa femme, le mari s'était abstenu de la secouer, d'actionner l'interrupteur de sa lampe de chevet. « A cause de son appareil. Pour ne pas interférer, modifier le tracé de son repos. » A l'évidence, si le ronflement l'incommodait, il le rassurait aussi. Sa femme était si tranquille que rien, pas même le harnachement des électrodes, ne gênait son sommeil. Elle dormait plus profondément que jamais. Alors l'homme s'était levé, était allé fumer une cigarette dans le salon, y avait regardé la télévision durant une vingtaine de minutes. De retour dans la chambre, la teneur du silence lui avait paru suspecte. Il avait fini par allumer. Sa femme ne respirait plus.

Le médecin du SAMU ne pouvait qu'arriver trop tard.

Tandis que l'homme se perdait en lamentations, le docteur Selma Moufid avait extrait avec fièvre l'enregistrement, l'avait visionné et découvert les salves d'extrasystoles ventriculaires fatales. La mort enregistrée. Un syndrome de Brugada, à n'en pas douter. Ce que le mari avait pris pour un ronflement anormal était un souffle d'agonie. La femme aurait-elle été sauvée si le mari s'en était rendu compte sur-le-champ ? L'aléatoire de l'urgence en cas d'arrêt cardiaque quand il n'y a pas un défibrillateur à proximité…

Dans un sanglot étouffé, l'homme avait sorti son portable, l'avait ouvert et tendu au médecin : « Regardez, c'est après sa toilette, tout à l'heure… Dans sa robe de mariée. » A la vue de la photo, une main glacée s'était refermée sur le cœur de Selma.

Elle s'était sentie défaillir, s'était retenue à son bureau, hypnotisée par la photo : la robe était un fourreau qui s'évasait à partir des genoux. Mais le bas avait été enroulé autour des jambes et rabattu sur les pieds. De sorte que la défunte, certainement plus enveloppée que lors de ses noces, y paraissait sanglée. A l'instar des nourrissons dans leurs langes blancs que Selma avait vus quand elle était petite, là-bas dans le désert. Avec de surcroît, ce visage poupin, ces cheveux fins, courts, l'analogie était saisissante. C'est à cette évocation que soudain quelque chose avait basculé en Selma. Hypnotisée par l'image, elle était restée incapable de s'expliquer son vertige.

La veille au soir, Selma s'était efforcée de ne pas perdre patience devant les multiples albums de famille que lui avait assenés l'une de ses consœurs. La foison de clichés, par contraste, lui avait fait mesurer que hormis les portraits de son père et de Farouk, tous deux disparus, elle n'avait guère de photo de ses vingt années de vie en Algérie. S'y était-elle jamais prêtée à un objectif ? Après mûre réflexion, Selma avait fini par dénombrer deux photographies restées chez la mère. L'une durant l'enfance, certainement nécessaire à l'établissement de quelque pièce d'identité pendant la guerre. La seconde, lors de l'inauguration de son lycée, juste après l'indépendance de l'Algérie. Selma y figure en compagnie de Ben Bella « descendu » dans le désert à cette occasion. Habillée aux couleurs du drapeau algérien, elle était la seule fille devant la masse des garçons.

Selma avait détaché les yeux de la panoplie du passé de sa consœur. Dans une tentative désespérée, elle s'était hasardée à la relayer par des visages de son enfance et de son adolescence. Mais ils lui avaient paru sombres et flous. Un paysage humain rendu douteux par l'ardente lumière du désert. Ou par le veto du souvenir. Selma s'était hâtée d'effacer ce désagrément de sa mémoire.

S'arrachant à la photo, le regard de Selma s'était porté sur l'appareil Holter posé sur son bureau. D'un geste d'exaspération, elle l'avait balayé hors de sa vue. Cet instrument de malheur avait l'air d'émettre des ondes funestes.

Puis elle avait contourné son bureau, s'était laissée tomber dans son fauteuil, avait fixé la fenêtre. Seul le haut du bâtiment d'en face et le ciel s'y encadraient. Pas d'arbre, aucune végétation, rien n'indiquait les hurlements du vent.

Quand le docteur Selma Moufid constata que la défunte avait dix ans de moins qu'elle et à la pensée que depuis sa syncope la femme avait dormi chez elle sans surveillance aucune et s'était réveillée chaque matin « comme un charme » au dire du mari, un frisson l'avait parcourue. Il avait suffi que la femme vienne la consulter, qu'elle reparte avec des électrodes sur le cœur pour qu'une mort subite la fauche en plein sommeil. Selma ne pouvait se défendre de voir dans cette mort une mise en accusation de la corporation : pourquoi cette femme n'avait-elle pas été vue avant le cap de la quarantaine, fatidique à ses frères ? C'était une négligence du corps médical.

Cependant, sauf à la brancher immédiatement à un scope, la garder à l'hôpital n'aurait peut-être pas suffi à la sauver. De graves troubles du rythme durant le sommeil, de nuit, dans une chambre individuelle, et sa mort n'aurait été découverte qu'au matin. Sans compter toutes les ruses, les sophistications qu'adopte la mort pour piquer son dard dans la baudruche de l'ego médical. Au milieu de l'enceinte de l'hôpital. En plein cœur de son arsenal.

Ce soir en quittant l'hôpital, Selma avait renoncé à l'habituelle longue marche qui la décharge du poids de la journée. Les yeux levés vers le ciel, elle y avait cherché son bleu du désert, sans le retrouver, l'abîme par-dessus les sables. Ce n'était pas de la nostalgie. Pour rien au monde, Selma ne retournerait vivre au désert. N'était-ce pas par crainte de voir des rafales d'antan déferler sur elle ? Le souffle coupé, elle avait dû rassembler toute son énergie et était allée puiser, loin, très loin, un peu d'air pour se reprendre.

Mais l'indéfinissable malaise de Selma avait persisté, lui enjoignant de courir se calfeutrer dans le silence de sa maison. Arrivée chez elle, elle avait ranimé le feu. Elle était prostrée devant la cheminée lorsque la vision s'imposa brutalement.

Dans une ultime tentative, Selma essaie à nouveau de se rappeler le regard pétillant de la patiente. La photo du portable l'éclipse aussitôt, se superpose au flash du bébé dans ses langes. Alors repasse encore et encore ce film muet : la main de la mère, son attaque, les soubresauts du nourrisson, la détresse des yeux de Zahia. Leur enchaînement cloue Selma sur place. La main de la mère prend l'aspect de ces grosses araignées annonciatrices du vent de sable. Autrefois, leur brusque apparition sur la chaux du mur produisait le même effet sur Selma.

Comment a-t-elle donc fait pour oublier cette scène pendant tant d'années ? La question l'effleure à peine. Selma est déjà emportée par ce qu'elle avait enfoui et qui ressurgit soudain dans toute sa violence.

La mort non enregistrée

Selma se revoit là-bas dans le désert. Quel âge a-t-elle? Trois ans, trois ans et demi? Pas plus. Les femmes la congédient. Rien de mieux pour attiser sa curiosité. Elle reste là à rôder. La porte est ouverte. Le vent ne souffle pas encore. La maison ne comporte que deux pièces qui donnent sur une cour. La tante Zahia, sœur cadette de la mère, a accouché hier. Elle est allongée dans un coin de la cuisine. Son bébé dort contre son flanc. Irritée par la désobéissance de Selma, sa mère se rue sur elle, l'entraîne énergiquement vers l'unique chambre, la jette aux côtés de ses deux frères endormis : « Surveille-les, ne bouge pas d'ici. Sinon gare à toi. Tu m'entends ? » La mère tire la porte derrière elle et s'en va. A peine a-t-elle rejoint la cuisine qu'une tempête de sable déferle. Selma a peur du vent de sable. Il l'étouffe, l'empêche de voir, gomme le ciel, éteint la vie de son vacarme. Terrifiée, elle regarde la poussière jaillir entre la porte et le chambranle disjoints, et par les brèches entre les planches. Les autres enfants continuent à dormir, imperturbables. Les réveiller ne lui serait d'aucun soulagement. Tout au contraire. Il n'y a pas plus grand braillard que le dernier-né, encore poupon. Si à deux ans, le second est attachant, c'est au sens astreignant du terme. Combien de fois par jour vient-il se placer à califourchon sur le dos de Selma ? De son bras droit, il lui enserre le cou à lui couper la respiration. Étonné qu'elle ne s'élance pas immédiatement, il pointe l'index de l'autre main et lui intime : « Va ! Va ! » Il est tellement habitué à ce que tout le monde devance ses caprices que ceux-ci ont pris, pour lui, valeur d'ordre. A ces ordres, Selma a consenti maintes fois. Elle est à peine plus haute que lui et lorsqu'elle accepte de le porter sur son dos, les pieds du garçon lui battent les mollets. Il est si lourd qu'elle s'écroule par terre, roule avec lui. Ils rient ensemble, gagnés par leurs jeux. Devenue systématique, l'offensive du petit n'amuse plus Selma. Confronté à son refus, le petit tyran apostrophe sa mère, exigeant réparation immédiate de ce crime de lèse-majesté. « Prends-le ! », surenchérit la mère. La fillette regimbe, les plante là tous les deux et s'enfuit.

Selma se galvanise pour trouver le courage d'affronter le vent. Elle doit retourner dans la cuisine. Elle ne peut pas rester toute seule dans cette pénombre suffocante. Elle se courbe sous les rafales, fonce vers la porte voisine. Celle-ci est fermée par le verrou intérieur. Selma colle son visage à l'une des fentes entre les planches, s'apprêtant à héler la mère. La vue de celle-ci qui se saisit d'un coussin et qui le pose sur la tête du bébé de Zahia laisse Selma sans voix. La petite fille ne sait rien de la mort. Elle ignore l'issue de ce geste. Mais sa violence l'atteint de plein fouet. Elle s'écarte à reculons. Arrivée au seuil de la cour, elle file à toutes jambes. Poussée par le vent, elle court, court longtemps avant de tomber. Alors elle se recroqueville, protège son visage de ses mains. Les tornades de sable lui râpent la peau. Les hurlements du vent lui remplissent la tête à la faire éclater, sa colère l'assomme. Tout s'obscurcit. Selma ne sait pas où le vent l'emmène. Elle n'est qu'une petite chose dans son souffle opaque. Elle se laisse aveugler. Jusqu'à l'effacement.

D'instinct, elle a emprunté le chemin par lequel rentrera son père absent de la maison. C'est lui qui la trouve, quatre heures plus tard, roulée en boule, couverte de sable, muette. Il la prend contre lui, la porte jusqu'à la maison. Le regard inquisiteur, la mère demande : « Où étais-tu ? » Avant d'annoncer tout bas : « Le bébé est mort. » Selma se souviendra toujours de cette phrase. Elle n'en oubliera jamais le poids. Mais un couperet tombe dans sa tête. Cela n'a pas eu lieu. La scène de l'étouffement s'est effacée de sa mémoire, gommée par le sable, par le vent.

Quel pan de sa vie, de ses affections disparaît alors ?

Selma se secoue, revient au présent, s'arc-boute dans le déni, se moque d'elle-même : « C'est de l'affabulation. Déjà atteinte de démence sénile ? Oublier pareille énormité pendant cinquante ans ? C'est impossible. Impossible. » Un détail discordant de la scène fait brusquement saillie. Un élément d'importance, le coussin – Selma s'accuse : « Celui que j'ai mis dans les mains de la mère. » – Il est carré, couvert d'une taie blanche. « Un coussin d'hôpital ! » Voilà une preuve de la divagation de son état somnambulique. Chez ses parents, il n'y a jamais eu de coussins semblables à celui-ci. Ceux de son enfance, cousus par la mère, étaient tous rectangulaires, de couleurs criardes. Le tissu recouvrait directement la laine cardée qui, aussitôt, entreprenait de floconner pour finir compactée en bourrelets déformant le revêtement et mettant à la torture les joues et les oreilles. Selma n'a découvert les taies blanches, amidonnées, que beaucoup plus tard. Loin du désert. Dans les hôtels et les hôpitaux.

La voilà la pièce à conviction qui dénonce son fantasme, l'oreiller blanc !

A cet argument qu'elle voudrait salvateur, Selma se lève d'un bond, va chercher un grand verre d'eau fraîche et écoute la tramontane. Il est trois heures du matin. Seule la lueur de la cheminée éclaire le séjour. Selma n'allume pas. C'est une nuit sans lune. Une de ces nuits qui viennent se presser de tout leur poids contre les baies vitrées.

Selma a beau essayer de faire diversion, quelque chose d'inébranlable s'est enclenché. Quelque chose cède en elle. Par fulgurances, dans des accès de panique, elle tente de repousser l'incompréhensible. Elle s'accuse de folie, d'ignominie envers la mère. L'image du circuit de morceaux de sucre dont il suffit que s'écroule le premier pour que tous suivent lui vient par similitude avec l'édifice de son amnésie.

Selma se sert un second whisky pour tenir le coup face à cette sorte de reconstitution sans témoins, sans flics, sans juge, si tard dans sa vie, dans la nuit de la mémoire.

Ce soir, elle se sent coupable et vieille.

L'accident vital de mémoire

Selma a revu le mari de madame R, parlé au médecin traitant. Il est essentiel d'entreprendre une enquête familiale. L'avenir des enfants en dépend. Cet objectif aide Selma, l'empêche de s'écrouler. En un éclair de la mémoire, sa vie a culbuté. Dorénavant elle sera scindée en avant et après. A l'aube, après cette nuit crispée, sans nourriture ni sommeil, le besoin de revoir son meilleur ami, Goumi, l'a tenaillée. Seul Goumi, le complice de toujours peut encore la sauver de cette dislocation. Le besoin de se blottir dans ses bras, de lui raconter la soutient. Si elle téléphonait à Goumi, il viendrait aussi vite que possible. Mais Selma éprouve l'urgence de partir elle-même. Comme si seule la terre où s'était imposée l'éclipse de l'oubli pouvait lui apporter une délivrance. Elle doit partir. Elle se cramponne à cette décision. De toute façon, ici, elle a déjà perdu pied.

En fin de journée, à l'hôpital, elle se détourne de tout ce qui encombre son bureau. Elle a paré au plus pressé. Tant pis pour le courrier en souffrance, ce soir, elle n'a qu'une envie, fuir.

Elle aime tant marcher au bord de la mer au crépuscule. Le vent a viré au sud, ce matin. Le disque du soleil est à fleur d'eau, œil d'un incendie furieux. Par contraste, l'air est très froid. Il pique Selma au visage, aux mains. Elle s'offre à ses morsures pour se sentir vivante et accélère le pas. Son regard se dirige vers le large. Là-bas, Oran. Elle aurait tant aimé pouvoir pleurer. Mais rien ne lui appartient. Surtout pas les larmes.

Elle se met à courir. Elle court. Elle court. La nuit est une menace qui gagne et envahit ciel et mer. Elle court. Dans un souffle parfois, elle murmure : « Goumi », l'ami de l'autre côté des eaux. Hors d'haleine, Selma s'arrête près de quatre pêcheurs. Ils ont planté leurs lignes sur la plage et s'activent à allumer un brasero. L'un d'eux se dirige vers Selma : « Une femme seule sur une plage déserte, c'est dangereux la nuit. » Selma ne répond pas. L'homme l'observe : « Vous allez attraper la crève. » Il va chercher une parka, la lui pose sur les épaules. Selma s'y emmitoufle, s'assied. Un autre lui apporte un verre de vin rouge. Cette attention de la part d'inconnus, Selma ne l'avait même pas espérée.

Il n'y a pas de lune. Maintenant, la mer est d'encre, lourde. De temps en temps des reflets de lumières lointaines la mitraillent. Puis tout sombre sous le poids de l'obscurité. L'un des hommes vient offrir à Selma une assiette de poissons retirés à l'instant de la braise. Elle mange avec les doigts. C'est si bon. Restée à l'écart des pêcheurs, Selma regarde avec gratitude ces gaillards qui l'ont recueillie, qui la nourrissent. Elle goûte la paix de ce moment qui transforme l'appel lancé vers Goumi en rêverie. Puisqu'elle ne peut se serrer contre son ami, Selma se réfugie dans son souvenir.

Lorsqu'ils n'en pouvaient plus du désastre de la cantine universitaire et de l'atmosphère fliquée des restaurants de la ville, Goumi et Selma partaient acheter du poisson à la pêcherie avec leurs amis avant de prendre la route des plages… Selma avait rencontré Goumi le jour où elle était venue s'inscrire à l'université d'Oran. C'était début septembre 70. En sortant des bureaux de la faculté de médecine, Selma s'était assise sur un banc de l'allée quadrillée de palmiers, étourdie par le manque de sommeil – elle n'avait pas pu fermer l'œil la veille et si peu les nuits précédentes – et par son euphorie. Elle n'en revenait pas d'être là, elle, la fille de pauvres. D'être là enfin seule. D'avoir échappé à l'univers carcéral du désert, au cachot de ses traditions. Toute à son bouleversement, Selma avait mis du temps à se rendre compte qu'un garçon très beau, absorbé lui aussi par ses pensées, était à côté d'elle. Ils s'étaient observés à la dérobée avant que

Selma n'ose demander : « Tu es venu pour une première inscription ? – Non. Je viens d'avoir les résultats de mes examens de rattrapage. Je me suis encore planté. La noce tout le temps, c'est très cher. Sur tous les plans… »

Goumi avait rejoint Selma sur le banc. Ils avaient parlé, parlé, parlé. Avec l'abandon, la sincérité de ceux qui n'ont rien à perdre. Au bout de combien de temps Goumi s'était-il écrié : « Je meurs de faim ! » ?

Le jeune homme avait alors lorgné vers le cabas élimé posé aux pieds de Selma : « Et tu vas où, comme ça ? » Le ridicule de sa destination, Selma ne l'avait perçu qu'au moment même où elle lui répondait : « Chez les bonnes sœurs de la rue de Mostaganem. » Goumi s'était esclaffé, avait réussi à articuler : « Il y a de quoi se pendre mille fois par jour dans ce pays de fous ! Tu vas voir le nombre de filles de bourges qui habitent la cité universitaire. Leur père vient les chercher le samedi midi en voiture. Elles partent pour Tlemcen, Mosta, Sidi Bel Abbès. Elles reviennent le dimanche soir ou le lundi matin avec des couffins pleins de la bouffe de leur mère et des fruits du jardin. Et toi, la libérée sortie de ton désert et de rien, tu vas chez les nonnes ? Merde alors ! » Oui, merde alors ! Pas un instant le mot hôtel n'avait effleuré Selma. Les hôtels n'existaient pour elle que dans les romans. Les voyages, les déplacements, elle n'en avait ni l'habitude ni les moyens. Un seul but monopolisait sa volonté et son désir : décrocher le bac et fuir loin de sa famille. Loin du désert. Partir ! Où atterrir en attendant l'ouverture de la cité universitaire ? Ça, c'était secondaire. Elle avait tellement attendu de pouvoir s'envoler. Elle avait enduré l'enfer pendant des années. Elle s'était gardé d'avouer à Goumi que c'était le censeur de son lycée qui lui avait indiqué le téléphone des sœurs blanches, en juin dernier : « Réservez une chambre tout de suite. Sinon, ce sera plein ! »

Selma ne connaissait personne à Oran. Elle n'avait jamais mis les pieds dans la ville. Mais elle s'y sentait si libre. Libre parce qu'elle n'y connaissait personne. Alors elle avait osé parler au premier garçon rencontré. Et dorénavant son homme dans la ville ce serait lui, Goumi.

Le jeune homme s'était levé, avait décidé : « Allez viens, je t'invite à déjeuner. » En découvrant sa voiture garée dans l'allée, Selma ne s'était pas privée de lui décocher une pique : « Hé, un fils de bourges ! – Oui. Mais j'ai foutu le camp de chez mes parents pour qu'ils cessent de vouloir me marier. Pour avoir la paix. Moi, je suis homo. Tu me vois dire à mes bougnoules de parents, bourges ou pas : Je ne me marierai jamais, je suis homo ? »

Selma n'était pas allée chez les nonnes. Goumi l'avait hébergée jusqu'à l'ouverture de la cité universitaire, deux semaines plus tard. Deux semaines de noce qui scelleront à jamais leur amitié. Pour Selma, les mots de l'amour avaient d'abord emprunté la voix de Goumi. Avec son rire de gorge, son ton taquin mais affectueux, il se plaisait à lui murmurer : « Ma fiancée », « On va dîner en amoureux ? », « Nous pourrions nous marier tous les deux et damer le pion à toutes les démangeaisons de nos mères », « Tu es belle, tu sais ? ». Son allégresse avait des accents désespérés. Selma s'était trouvée un alter ego sans avoir eu à le chercher. Et c'était contre lui, grâce à sa délicatesse, à ses prévenances que Selma allait se familiariser avec le contact du corps d'un homme. Selma partirait habiter la cité universitaire avec le double des clefs de Goumi en poche. Elle le visserait à sa table de travail, exigerait de voir ses notes. Il écarquillerait ses grands yeux noirs et s'exécuterait avec un sérieux étonné : « Oui, maîtresse. » L'arrivée de Farouk dans la vie de Selma, quelques mois plus tard, ne changea rien à leur relation. Après moult crises de jalousie au début, Farouk avait fini par comprendre qu'il ferait les frais d'une rupture s'il persistait dans cette voie. Alors, ils avaient formé un trio de noceurs inséparables.

Que n'aurait donné Selma, en cette nuit noire au bord de la mer du « Grand Travers » pour entendre la voix de Goumi lui demander : « Tu dors comment, ce soir ? – Contre toi. » Quand l'amour manquait, que la solitude revenait plus despotique que jamais, Goumi et Selma avaient pris l'habitude de se glisser dans le même lit. Ils se blottissaient l'un contre l'autre pour échanger une confidence ou se consoler d'un chagrin.

Les pêcheurs viennent montrer à Selma une belle prise, un loup de plus de trois kilos. A-t-elle encore faim ? Veut-elle un verre de plus ? Pourquoi ne se joindrait-elle pas à eux ? Elle dit qu'elle va rentrer. Elle a eu besoin d'un peu de calme après une rude journée. Elle dit merci pour tout, merci beaucoup. Sa voiture est loin. L'un des hommes la raccompagne. « Vous nous trouverez toujours là par vent d'est ou du sud. Quand il y a des rouleaux, la pêche est bonne. Apportez une bouteille de vin et vous serez la bienvenue. »

A peine Selma s'est-elle allongée sur son lit que des images se remettent à défiler dans sa tête. Est-ce pour combattre le soupçon tenace du fantasme ? Est-ce pour définitivement triompher de l'amnésie ? Selma entreprend de décrire ce qu'elle avait vu, ce qu'elle revoit, de prêter sa voix à ce passé afin de lui restituer un son de vérité.
Elle parle pour elle-même. Elle se parle dans le noir. Elle se plonge dans un songe cruel :
« Je me souviens de ma grand-mère essayant de faire avaler quelque chose à la tante Zahia. Je comprends après que c'est pour lui faire tomber le

bébé. Zahia pleure, repousse le bol : "C'est trop amer. Je n'arriverai jamais à avaler ça." Elle se met à vomir. Elle vomit souvent, en ces temps-là, Zahia. Elle vomit et elle pleure. Zahia habite chez nous. Elle ne s'est pas encore remariée. Est-ce qu'elle a été répudiée par son premier mari marocain, à Oujda ? Ou est-ce qu'elle en a été veuve très tôt ? La seconde suggestion paraît plus probable. Elle est si belle, Zahia. Les autres femmes disent d'elle : "Elle ferait se damner un eunuque." C'est mon grand-père maternel qui a confié Zahia à mon père, son neveu et beau-fils. Il faut la caser dans le pays d'origine. C'est ça qu'ils veulent tous. Marier Zahia dans le pays des origines. Qu'elle puisse mettre au monde des petits Algériens. L'année d'après son arrivée dans le désert, Zahia est donnée à un voisin de la tribu des Doui Minea. Sans youyou ni tambourin. Zahia a déjà le ventre en ballon. Combien de semaines plus tard, une fin de matinée, son mari la raccompagne-t-il en disant : « Elle est malade » ? Zahia accouche dans l'après-midi. A la maison. Je me demande pourquoi on ne l'emmène pas à l'hôpital. C'est la première naissance à laquelle j'assiste. Enfin, je suis derrière la porte. Comme d'habitude. Tante Zahia me tourne le dos. Mais je vois le bébé quand on le retire. Ma mère le prend. Il est tout gluant. Il crie. Pourquoi j'oublie la mort du bébé, enfin la façon dont il est mort… alors que je me souviens très bien de sa naissance ? On prétendra que Zahia a fait une fausse-couche. Ce mensonge va introduire une dissonance dans mon esprit sans que j'en sache jamais la provenance. C'est le seul motif avoué de ma défiance…

« A quel prix le mari de Zahia a-t-il accepté ça ? Celui de posséder une si belle femme quitte à le lui faire payer sa vie durant ? Et lequel des deux hommes de la maison est-il le géniteur du bébé sacrifié ? Mon père ou mon oncle encore jeune célibataire ? La benjamine des trois sœurs, Halima, est promise à ce dernier. Elle vit à Oujda. Il n'a plus été question de ce mariage après l'arrivée de Zahia au désert. Pourtant Halima est mordue, j'en suis sûre. Cela me marque parce que je trouve ça beau, un amour séparé par une frontière et qui attend son heure. C'est qu'il est si bel homme, l'oncle. Un bellâtre aimanté par la plastique avantageuse de Zahia ? *Mesquina*, pauvre de pauvre Halima, elle a bien failli finir vieille fille. Depuis si longtemps que tous les prétendants avaient été découragés par son statut d'intouchable, « déjà engagée par le serment des parents ». Ce serpent familial, les réflexions assassines de deux tantes à propos de cet oncle longtemps après, c'est donc ça… Combien d'années plus tard, au bout de combien de peurs, Halima a-t-elle été mariée dans le désert, elle aussi ? C'est le sort de toutes les filles de la tribu d'Oujda. On les « marie au désert ».

« Même les coïncidences se sont employées à veiller jalousement à ce que le capital de fiel familial ne puisse se tarir : enfin épousée, Halima a habité à proximité de la maison de cet oncle. Jason*, c'est donc lui, l'oncle. J'ai eu si peur que ce soit mon père. Et en même temps, ça me paraissait inconcevable ! Cette façon de toujours esquiver l'abjection. Bien sûr qu'il en aurait été capable, lui aussi, le père... Mais un coussin comme ça, il n'y en avait pas chez nous... De quel fantasme puis-je bien être le jouet ? »

Un long silence s'ensuit durant lequel Selma reste figée. Elle finit par pousser un soupir et se dit :

« Comment n'y avais-je pas pensé ? C'était le linceul. On en avait enveloppé le coussin. Il suffisait ensuite de retirer le coussin, de laisser le tissu sur le petit corps pour ne pas s'infliger la vision de la mort. Le meurtre avait été prémédité. Tout était prêt. On avait même dû faire au nourrisson vivant la toilette du mort. Mais... Est-ce que grand-mère y était aussi ? »

Le corps de Selma se raidit à cette question. Elle retient son souffle durant un long moment :

---

* Héros de la mythologie grecque. Grâce aux sortilèges de Médée, son épouse, il réussit à conquérir la Toison d'or. Après quoi, il voudra prendre une seconde femme provoquant la vengeance de Médée.

« Non, grand-mère n'y était pas. Mais elle savait. C'est moi qui avais oublié. Elle seule me manifestait de l'amour dans cette famille. Hélas elle est morte deux années plus tard. Alors, ça me servait à quoi de continuer à oublier ?

« Le soir du meurtre, après que mon père m'avait ramenée à la maison, je m'étais dirigée droit sur Zahia et j'avais demandé : « Il est où, ton bébé ? » En pleurant Zahia m'avait répondu : « Au cimetière. » Je m'étais levée au milieu de la nuit et j'étais allée au cimetière. Ce branle-bas le matin parce qu'on ne me trouvait pas ! On avait cru que j'étais possédée. On avait essayé de me désenvoûter, de me séquestrer. Rien n'y faisait. Dès qu'on me lâchait, je me sauvais. On m'avait surnommée « la petite fugueuse ». Tout le monde avait fini par se persuader que j'étais vraiment démente. Alors on m'avait fichu la paix. De jour comme de nuit, je rôdais partout et j'allais somnoler dans un creux de la dune, dans une *séguia* de l'oued, cachée parmi les roseaux.

« Heureusement pour moi, je ne suis jamais tombée sur un détraqué. Il faut dire que si je n'avais plus peur de rien, les gens redoutaient mes yeux toujours grands ouverts, mon air pas commode, mon mutisme. Les superstitions aidant... En revanche, mes errances de chat sauvage exaspéraient les patrouilles militaires. Suspectant une machination des résistants, ils me fouillaient,

35

déchiraient ma robe, sans jamais rien trouver. Cela ne me dissuadait pas plus de hanter la nuit. Une fois, l'un d'eux avait eu une telle frousse à mon apparition, qu'il m'avait plaquée au sol, sa mitraillette sur ma tempe. Il était sur le point de tirer. "Non, connard!", cria son chef. Je vis les yeux du gradé: bleus, bleus, bleus, une lumière bleue dans la nuit de la lune. Il s'approcha, donna un coup de pied dans l'arme de celui qui tremblait, elle lui tomba des mains. Le chef me caressa la tête et me donna un bonbon. Par la suite, chaque fois que je le croisais, il s'arrêtait, me souriait, sortait un bonbon de sa poche, le plaçait dans sa main, me le tendait et ne bougeait plus. Je m'approchais sur la pointe des pieds, je le cueillais et je m'enfuyais en riant. Je l'entendais rire aussi… Un bonbon au lieu d'une balle dans le cerveau, ne suis-je pas veinarde? L'officier avait dû donner des consignes. Je n'avais plus jamais été inquiétée.

« Je peux l'avouer maintenant, j'avais aimé la guerre. A cause de sa complexité survoltée, du sentiment que le danger guettait tout le monde. Du grand chambardement dont résultait une accélération du temps. De l'injustice à une telle échelle. Ce monde à la fois pathétique et fou à lier, à massacrer, à sauter sur des bombes, m'offrait un cinéma grandeur nature – nombre d'acteurs et de figurants avaient été recrutés à travers le pourtour méditerranéen – un interminable film de guerre où le pathos rivalisait avec la monstruosité, longtemps avant que je ne découvre les écrans des salles obscures et, pour finir, la boîte noire d'une autre mémoire.

Tant d'abus, d'inextricables situations reléguaient aux oubliettes ce qui pouvait m'arriver à moi. Avec force alibis, la guerre a contribué à consolider mon amnésie. Elle m'a appris à tenir en respect l'imbroglio de mes émotions.

« En désespoir de cause, on m'avait mise à l'école. En fait juste pour voir si j'allais y rester au lieu de vagabonder. Mon institutrice n'avait pas été longue à déclarer : « C'est une surdouée ! » Elle avait les yeux bleus, bleus, bleus.

« Mon entourage ne savait pas ce que cela signifiait "surdouée". Rien de bon, certainement. Peut-être même la pire de mes tares. Mais j'avais cessé de fuir. L'école, les livres m'offraient la plus grande échappée.

« Mais comment c'est possible d'oublier complètement ? J'aurais vraiment trop honte d'en parler à un confrère psychiatre. Je ne connais que trop les réponses, mais aucune ne me satisfait. S'il fallait une preuve que le savoir ne préserve de rien.

« Est-ce mon âge ? Est-ce ce sentiment que j'ai eu d'avoir ligoté cette patiente avec mon Holter, d'avoir désigné ce cœur à la mort ? La disparition de tante Zahia n'est pas étrangère à ce qui m'arrive.

Je l'ai apprise il y a peu de temps alors que je ne l'avais pas revue depuis une quinzaine d'années. Et puis ce désarroi qui fond sur moi aux images des noyés de la Méditerranée. Comme si, l'un après l'autre, ils avaient fait remonter le bébé mort des profondeurs de l'oubli. Jusqu'à sa percée dans le champ de la mémoire… »

Peu à peu, Selma prend conscience aussi de ce qu'elle doit à cet oubli. Il est à l'origine de tous les refus qui la constituent et de sa relation, si particulière, avec sa mère, et qui n'a jamais relevé de l'habituel conflit entre mère et fille. Depuis ce meurtre, Selma était devenue insomniaque et s'était mise à fuguer. Elle filait en douce échappant ainsi à l'épouvantable sensation d'étouffement.

Toutes ces considérations ne parviennent pas à entamer la perplexité de Selma. Elle tente encore de se rassurer : « J'ai fait un accident vital de mémoire » mais se rebiffe à cette formulation qui évoque l'accident vasculaire cérébral.

Contre toi

Selma sait que désormais seul le voyage au désert l'aidera à y voir plus clair en elle. Mais auparavant, elle va passer trois jours à Oran. Elle y séjournera plus longtemps encore au retour. Elle aura besoin de la compagnie de Goumi. Comment lui raconter la volte-face du souvenir ? Si, telle une récitante, Selma s'est déjà exercée à mettre des mots sur des images, sera-t-elle capable de les confesser, de s'en expliquer devant autrui ? Elle se croyait lucide, Selma. Soudain, il lui apparaît qu'elle n'a fait que déguiser sa propre fuite en une succession de ruptures assumées. Elle a toujours détalé en se persuadant qu'elle progressait vers des exigences plus grandes de liberté. Tout cela pour se retrouver en butte à la plus grande opacité. En elle-même. Aux prises, la maturité venue, avec ce qu'il y a en elle de plus archaïque. Un secret sordide qui insinue en elle le soupçon de sa propre lâcheté, de son imposture.

La voici rattrapée par ce drame. Sans plus pouvoir oublier.

Veut-elle vraiment aller dans le désert ? Le mot *désert* suffit à cristalliser toutes ses terreurs enfantines. Selma se revoit petite, levant les yeux vers l'horizon avec un effroi mêlé à la conviction que rien ne pourrait advenir. Ni le pire ni le meilleur. Un néant intériorisé. Désormais, Selma se doit d'apprendre à nommer ce meurtre. Il va lui falloir dévisager la mère et la questionner sur ce qu'elle a partagé avec elle à son insu. Tout ce qu'elles ne se sont pas dit une vie durant et qui les sépare à tout jamais. Ce mal de mère.

La baie d'Oran se profile derrière le hublot. Aussitôt, l'image de Farouk envahit Selma. Elle songe à son enfance, à leurs amours sur cette côte et se surprend à chercher des yeux sa silhouette dans la foule de l'aéroport parmi les gens massés derrière les portiques. Comme si elle s'attendait à voir Farouk s'élancer vers elle.

Afin d'échapper aux images du passé, elle s'applique à examiner les lieux autour d'elle. L'aéroport n'a guère changé. Selma y a vécu tant de situations contrastées. L'arbitraire policier, ses brimades, les interpellations outrancières de n'importe quel rustre, mais aussi les plus belles évasions. C'est dans cette aérogare qu'elle avait abandonné Farouk voilà un peu plus de trente années. Elle partait pour

Béchar. Au moment de se séparer, Farouk avait soudain flanché : « Ne t'en va pas. Pas aujourd'hui. » Elle n'avait pas cédé, elle ne serait absente que deux jours. Il le savait bien, Farouk, que ce n'était pas une partie de plaisir de devoir aller dans sa famille. Là où elle ne s'était jamais sentie chez elle hormis pendant les quelques moments de sa relation paradoxale à son père mort, lui, durant son adolescence. C'était justement l'envie de récupérer des photos de lui qui lui imposait ce voyage. Jusque-là, Selma n'avait pas osé se les approprier. Qui sait si elle reviendrait jamais ? D'un commun accord, Farouk et Selma avaient décidé de fuir l'étouffement, les répressions de l'Algérie, ses tabous, ses censures, son régime militaire. De laisser derrière eux le rejet des parents de Farouk qui ne voulaient pas de Selma. D'aller vivre leurs amours en toute liberté ailleurs. Loin.

C'était au début des désillusions provoquées par les exactions du régime. Le bras de fer entre les étudiants progressistes et la meute intégriste avait commencé. La politique du conservateur, Boumediene, tenait du théâtre de marionnettes tragiques. A force de tirer sur les cordes de la religion et du nationalisme, il était parvenu à scinder la société en clans ennemis. Les forces qui allaient faire imploser le pays étaient déjà en scène.

Farouk et Selma avaient tout juste vingt ans.

Après le départ de Selma, Farouk avait emprunté la route de la corniche. Le chant de la mer mêlé à celui du moteur… Et l'accident. Goumi avait dû mobiliser les copains et inventer mille subterfuges pour retarder l'enterrement de Farouk. A son retour du désert, Selma avait pu tenir dans ses bras le cadavre de son amour tandis que ses paroles de la veille tournaient, obsédantes, dans sa tête : « Ne t'en va pas. Pas aujourd'hui. » C'était lui qui était parti. Définitivement.

Lors des obsèques, serrée contre Goumi, entourée par un grand nombre d'amis, de connaissances, Selma n'avait eu aucun contact avec la famille de Farouk. Mort, Farouk pouvait-il désarmer les haines, les rejets qu'il avait été incapable de désamorcer de son vivant ? Le lendemain, elle avait rebroussé chemin sur le trajet du cimetière. Sans la foule de la veille, elle allait se livrer aux parents de Farouk, Goumi et trois autres « débauchés » de son acabit sur les talons. Ils disaient ça de Selma, dans la famille de Farouk : « Farouk, éloigne-toi de cette reine des débauchés ! » Désespoir et rage mêlés, elle s'était laissée aller à crâner : elle n'allait pas vivre un deuil parallèle au leur, sur les mêmes lieux et risquer de provoquer une scène de pugilat chez les trépassés, non. Du reste une tombe ne pouvait rien lui évoquer de Farouk. Terrassée par la douleur, Selma n'avait pas saisi que c'était le sens même du mot famille qui s'était fossilisé dans l'image du cimetière. Famille et cimetière, les deux faces d'un vieux concept réduit en poussière. Selma avait préféré confier son chagrin au ressac de la mer. Ses amis avaient déposé leur gerbe de fleurs dans le virage où Farouk avait trouvé la mort. Deux heures plus tard, de retour des Andalouses où ils étaient allés prendre un verre, ils s'étaient aperçus que les fleurs avaient disparu. Le fou rire les avait gagnés à imaginer le détournement, les fortunes nouvelles de ce bouquet.

Quoi qu'il en soit de la dangerosité avérée de quelques virages en épingle à cheveux, Selma s'était interdit de réduire la mort de Farouk à ça. Que celle-ci soit intervenue en cet endroit traduisait aussi, et surtout, la nécessité qu'il avait, lui, de la mer. A n'importe quel moment. La mer avait été le lieu de tous ses rendez-vous. Des amours et de la vitesse, s'enivrant de la course sans limite, jusqu'au coup d'arrêt de la mort.

Cette terre définitivement refermée sur le corps de Farouk, Selma l'avait fuie plus tôt que prévu. Plus seule encore désormais. Mais elle y avait gagné Goumi, l'autre homme, l'ami qui maintenait l'attachement. Et d'avoir vécu deux si belles amours à Oran perpétue en elle une tendresse pour cette ville. Ce qui n'est pas le cas, loin s'en faut, avec son désert natal.

Trente années plus tard, Selma est dans ce même virage, un bouquet blanc dans les mains et Goumi à ses côtés. Son ami l'enlace, colle sa tête à la sienne. Quelque vingt mètres sous le rocher sombre, la mer se balance, irisée à perte de vue. Selma vise son ressac. C'est là que va flotter et se défaire son beau bouquet blanc. Pour tous les disparus de la mer.

La fureur de Goumi tire Selma de sa rêverie. Il peste contre l'état des rues, la prend à témoin de l'état lamentable dans lequel les autorités abandonnent Oran : les trottoirs sont délabrés, sales. Les murs ne se souviennent plus ni de l'odeur ni de la texture de la peinture. Les façades écaillées, pleines de lézardes des immeubles dénoncent le laisser-aller. Pour preuve, les dépotoirs d'ordures qui s'amoncellent ici et là et entre lesquels il faut slalomer. A Alger, les quartiers des ministères, des ambassades, les trajets des officiels sont badigeonnés, entretenus. Oran reste reléguée avec sa populace dans le mépris et les immondices. L'outrage fait à Oran s'aggrave avec la poussée démographique. La ville est comme une plaie infectée à la face d'un pays qui ne peut prendre soin de lui-même faute d'avoir appris à s'aimer.

Selma et Goumi sont attablés à « L'Hacienda » à Canastel. Deux jeunes premiers se relaient à chanter les tubes des années 70, ceux de leurs vingt ans. Un héritage de plus en plus revendiqué pour tenir en échec l'abrasion intégriste. Selma scrute le visage de son ami : ses grands yeux sombres, son nez droit, tout dans ses traits respire l'épanouissement. Ses tempes commencent à peine à blanchir. Ces fils d'argent sur sa peau très brune paraissent du dernier raffinement chez cet homme rompu aux subtilités. Une stature à la fois robuste et élégante a supplanté celle de l'éphèbe. Rien dans son corps, dans ses colères comme dans son enthousiasme, ne fléchit. Selma savoure leurs retrouvailles. Elle puise auprès de lui la force de continuer, d'aller jusqu'au bout de son cauchemar.

Elle n'a pas eu à décider du moment. Les mots sortent enfin, brisant la gangue du silence. Goumi se penche vers elle, s'empare de l'une de ses mains, des deux, les serre, ne l'interrompt pas. Selma lui raconte tout, au détail près. Son sentiment de honte, de culpabilité surtout. Passé le premier moment de stupéfaction, Goumi se met à hocher la tête en signe de dénégation à ses autoaccusations. Son récit achevé, Selma reste abattue. Goumi entreprend alors de lui marteler : « A cet âge-là, tu en aurais crevé s'il n'y avait pas eu l'ellipse de l'oubli... Je pars avec toi pour le désert. Je dormirai à l'hôtel de Béchar. Tu sauras que je suis là. En cas de problème, tu me téléphones et je rapplique. »

Quelle délivrance d'avoir pu s'épancher. Goumi persiste dans sa plaidoirie. Il est l'un des plus brillants avocats du barreau d'Oran : « J'ai un autre éclairage sur tes distances avec ta mère. Sur ton sentiment d'avoir vécu l'exil, la plus terrible solitude au milieu de tes frères et sœurs. Toi, tu as été sauvée par un enseignement de qualité. Eux, ils ont subi la crétinisation programmée de l'école intégriste, les régressions sociales. Mais toutes ces divergences entre eux et toi ne sont rien en regard du fait que tu es la seule à avoir vu cet infanticide. C'est comme si vous n'aviez pas eu la même mère ! Tu comprends ? C'était inconscient. Mais c'était là. » De l'index, Goumi tapote le crâne de Selma en disant : « C'était là. »

Ils boivent encore. Le vin est bon. Mais Selma ne touche même pas à son assiette. Goumi fait mine de picorer deux ou trois bouchées dans la sienne avant de la repousser pour entraîner Selma vers l'extérieur.

Allongée à côté de Goumi, Selma se souvient. A la mort de Farouk, elle avait l'impression que son corps se serait disloqué si celui de Goumi ne l'avait pas soutenu. Elle avait vécu collée à lui, contre lui. Ils partagent toujours ce besoin mutuel de s'enlacer, de s'étreindre. Privés d'affection dans leur famille en raison d'incompatibilités vitales, et sans enfants à cause des désamours de leur propre enfance, Selma et Goumi projettent l'un sur l'autre toutes les absences et tous les manques. Une des premières phrases que Goumi ait dites à Selma après son départ d'Algérie lui revient à l'esprit : « Je suis devenu polygame depuis que tu es partie. Je sors en ville avec plein d'amoureuses. Il y a tellement de filles seules. Mais je ne dors avec aucune d'elles. Tu resteras la seule femme de mon lit. » Selma n'ignore pas que depuis sa séparation définitive avec Omar elle est la seule personne qui ait jamais dormi avec Goumi. Les relations sexuelles de son ami ne s'assouvissent plus qu'à la sauvette. Dans les endroits les plus improbables. La prudence l'exige. L'inquisition a multiplié les délations des voisins, des faux amis. Et les concierges se sont érigés en cerbères d'une morale pestilentielle. Durant les années de terrorisme, Selma s'était angoissée à propos de Goumi. Elle avait la hantise qu'Omar ne se venge en dénonçant son homosexualité. Un soir qu'elle insistait pour que Goumi aille la rejoindre à Montpellier en attendant que passe la tragédie, il l'avait rassurée. Il n'y avait aucune crainte qu'Omar le trahisse. Depuis qu'il avait déclaré forfait et s'était laissé marier, Omar se sentait encore plus mal dans sa peau qu'auparavant. Alors il s'était mis à vouer un véritable culte à la constance de Goumi. Non, l'homosexualité ne l'exposait pas plus que son athéisme. Il se gardait de les crier sur les toits, évidemment. Sa réputation était celle de l'homme à femmes qui, parfois, se paie des extra masculins. Fanatiques ou autres machos de tous poils, ce que ces abrutis exècrent et méprisent c'est le rôle féminin dans la relation homosexuelle. Ce qu'ils refusent, nient, c'est l'idée d'une jouissance partagée. Pour eux, il y a la noblesse des baiseurs et l'avilissement des baisés, les femmes et leurs assimilés, les sous-individus. Les baiseurs, eux, honorent la virilité masculine. Ils forcent le respect lorsque leurs ardeurs soumettent mâles et femelles. Cette considération-là permet la sauvegarde. Goumi se moque : « Avec leur conception de la sexualité réduite à la fornication à sens unique, ces crétins ne peuvent concevoir que les "baiseurs" puissent aussi se vouloir baisés.

– Je peux dormir contre toi ? », Selma est émue que son ami ait, soudain, inversé la demande : « Tu dors comment, ce soir ? – Contre toi. » Elle cale plus confortablement la tête au creux de son épaule pour répondre à sa question : « Et des amants ? Est-ce que tu en as à nouveau ? » Elle pense à ces quatre années d'irréductible solitude qu'elle vient de traverser. Ses amis se demandaient quelle fiction sublimée elle s'était inventée pour ne laisser aucune chance à l'amour. Mais à quel amour ? Cette interrogation ouvrait un abîme en elle et autour d'elle. Quelque chose lui faisait défaut dont elle ne savait rien. Elle attendait sans attendre, sans comprendre, comme face à l'immensité du désert, de la mer. Comme un écrivain qui aurait perdu la matière et le sens de son écriture.

Comment va-t-elle se débrouiller avec ça maintenant ? Est-ce qu'un amour pourra la sauver encore une fois ?

Selma se remémore ses dérobades et comment, pendant des décennies, elle s'est appliquée à éluder les premières années de sa vie. Certes, elle avait dû évacuer tant de peurs, s'en affranchir au plus tôt pour pouvoir avancer. Elle entendait être une femme de son temps. Elle ignorait qu'elle buterait un jour contre ces impasses-là. Qu'elle n'aurait alors d'autre issue que de traquer les moindres sensations des reculades de l'enfance.

Tout à l'heure, en cheminant au côté de Goumi sous une frondaison de chênes verts, Selma s'était revue enfant, marchant dans le lacis des venelles ombreuses du ksar. Ici et là, une porte s'ouvrait sur l'éclat d'une cour, d'une terrasse, tel un calice au soleil. Le sable fin coulait sous la plante de ses pieds et étouffait le bruit de ses pas. Ce jour où Selma s'était rendu compte qu'un petit garçon la suivait à travers les ruelles, sa première réaction avait été celle du dépit. Elle ne fuyait pas sa maison et les assauts de ses frères pour subir un autre diktat. Mais Ali se tenait à distance respectueuse, muet, et les yeux pleins d'adoration. Au fil du temps, des déambulations, la suspicion de Selma s'était dissipée. Elle avait fini par accepter la présence du garçon, s'en amusait et même l'appréciait. Quelques mois plus tard, croyant l'avoir enfin apprivoisée après avoir déployé des trésors de patience, Ali avait tenté de l'étreindre. Selma l'avait repoussé dans une explosion de colère et d'épouvante. Le pauvre garçon s'était retrouvé par terre presque aussi terrorisé qu'elle. Faut-il relier l'agressivité de ses ripostes, dès qu'on s'avisait de la toucher, aux images enfouies ?

Elle sourit à l'évocation de la mésaventure du petit Ali, se dégage doucement des bras de Goumi, attentive à ne pas le réveiller. Grâce à lui, c'est sur un doux souvenir de sa propre enfance qu'elle voit poindre le jour. Avant de pouvoir enfin fermer les yeux, elle se dit que décidément, elle qui, enfant, aimait tant se perdre dans le dédale du ksar, a fait de sa mémoire un labyrinthe dont elle se refusait l'accès.

La confrontation

L'émotion étrangle Selma dès que l'avion aborde les zones sahariennes. Collée à son hublot, elle les détaille. « C'est Dieu sans les hommes », avait dit Balzac dans « Une passion dans le désert ». Des écrivains sans dieu aucun, serait-elle tentée de rétorquer. C'est aux livres que Selma doit de n'avoir pas sombré dans la folie ou le désespoir face à ces immensités qui emprisonnent les humains et les confinent dans la misère et l'ignorance.

La confrontation commence d'abord avec cet espace-là : l'angoisse, liée à l'amour que Selma portait au désert, était inhérente au poison du secret terré en elle, depuis des décennies. De sorte qu'elle ne pouvait lever les yeux vers l'horizon sans l'épouvante de l'imaginer à jamais scellé sur elle, un tombeau de sable. Longtemps elle avait rattaché ce désarroi à d'autres violences. Tant de colères et de rébellions faisaient écran et l'aidaient à ne jamais laisser s'ouvrir la trappe d'un plus grand danger, intime, celui-ci. Mais le refoulé œuvrait, portant à leur paroxysme les outrances humaines comme les démesures environnantes.

Il n'y avait alors de salut pour elle que dans l'ailleurs des livres, de délivrance que dans la fuite vers les lointains.

Le taxi vient de pénétrer dans son village natal sans qu'elle s'en aperçoive. Des sensations contradictoires viennent, de nouveau, lui embrouiller l'esprit. Elle se raidit, regard braqué droit devant. L'artère centrale lui paraît exsangue. Il n'y a pas âme qui vive. La lumière tremble dans la chaleur. Les façades des maisons paraissent floues, informes. Les toits semblent mouvants comme s'ils menaçaient de fondre, rognés par la pauvreté, incinérés par la fournaise.

Selma cligne les yeux pour lutter contre leur picotement, en chasser l'effet déformant. Elle a une brève pensée pour son école, la palmeraie et la dune. Aura-t-elle le temps de fouler ces quelques lieux des joies que l'enfance s'ingéniait à préserver en dépit de tous les saccages ? Des joies, oui, toutes les joies et les plaisirs. L'idée du bonheur lui a toujours paru tenir de la mystification religieuse et n'a, jamais, emporté son adhésion. Au nœud plus serré dans sa gorge, elle revient à ce qui prime, la mise en demeure de la mère. C'est pour ça qu'elle est venue.

Après une dernière pression des mains sur celle de Selma, qu'il tient depuis Béchar, Goumi s'assure que son téléphone portable capte un réseau. Bouleversée, Selma descend du taxi sans un mot pour lui, sans même l'embrasser. Goumi attend qu'elle ait poussé la porte avant de demander au chauffeur de rebrousser chemin.

« Selma ! Oh mon Dieu, c'est Selma ! » La mère a vieilli. Elle paraît beaucoup plus que ses soixante-dix ans. Le cœur de Selma se serre à cette constatation : elles sont restées si longtemps éloignées l'une de l'autre. Tout ce temps qui s'en est allé sans que Selma ait une vraie mère, une famille. Elles n'ont que quinze ans d'écart. Selma est l'aînée des enfants de la mère... Quel sens le mot enfant a-t-il jamais eu pour elles ? Le poids de ce que Selma a à dire brouille tout le reste.

Les embrassades des deux femmes sont empreintes de gêne. Comme toujours. Le nombre des années de séparation n'y a rien changé. Une inconnue saute au cou de Selma. Sa belle-sœur, lui dit-on. La femme du dernier des garçons. Elle a un foulard sur la tête. Selma reconnaît à peine sa sœur cadette. Elles se sont si peu vues. Selma était interne durant l'enfance de celle-ci. Du reste, elle n'a pas plus fréquenté ses autres frères et sœurs. A la fin de la journée, ils rentraient tous chez leur mère... Selma, elle, s'enfermait à l'internat même les samedis, dimanches et autres jours fériés. Ensuite, elle est partie de plus en plus loin : l'université d'Oran, puis celles de France. Ses rares et si brefs passages parmi eux, Selma les vivait derrière des livres. Dans des romans. Leur fiction occultait l'insupportable réalité. Dans cette famille, elle a toujours été l'étrangère. Depuis les premières insomnies qui l'éjectaient du corps familial couché par terre.

La cadette est grosse. Elle a divorcé. Houria aussi. Elles ne travaillent pas. Elles vivent avec leurs enfants chez leur mère. Les enfants, les voilà qui accourent tous en quête de bonbons. Selma découvre la mère dans le rôle de grand-mère. Elle cajole, susurre des mots doux. Les petits sont mignons. Ils sont si nombreux que Selma renonce à les compter. Elle regarde les membres de cette famille à l'apparence unie. Certains d'entre eux connaissent-ils le lourd secret ? Partagent-ils d'autres indignités à l'insu de Selma ? Qu'est-elle venue chercher ici ? Demander des comptes ? Presque tous les complices du drame ont disparu : sa grand-mère, son père, Zahia, et même la plus jeune des sœurs de la mère, Halima. Celle qui avait été doublement trahie. Par sa sœur et par son prétendant… Mais la mère est bien en vie et l'oncle aussi : deux des acteurs principaux, en somme. Il n'y a pas prescription. Une horreur comme celle-ci finit toujours par ressurgir. Selma fait les questions et les réponses. Elle reste en dehors. Du dehors, elle observe l'entourage avec intérêt. Car, en dépit de toutes les mauvaises pensées qui l'obsèdent, elle n'éprouve aucune animosité, aucun ressentiment, seulement une immense tristesse. Une tristesse crispée par l'attente d'un verdict, la vérité de la mère. Les autres ne sont pas concernés. Ils encombrent son temps avec gentillesse. Cette gentillesse qui étouffe parce qu'on ne sait jamais comment s'en dépêtrer.

L'arrivée d'un étranger provoque toujours un moment d'effervescence dans ces endroits où il ne se passe jamais rien. Au lieu de s'inquiéter d'elle, la mère s'affaire avec les autres femmes de la maison à la préparation de beignets, de galettes, de plateaux pour le thé et le café. L'oncle Jason est là, lui aussi avec sa femme et ses filles, toutes portent un foulard sur la tête. Depuis la mort du père de Selma, c'est lui le patriarche de la tribu. Il semble endosser ce rôle avec une bonhomie grandiloquente. Mais sans une once d'autorité. Deux bambins ont été dépêchés pour avertir les filles de Zahia. Elles débarquent avec leur ribambelle. La nouvelle de la venue de Selma se répand de porte en porte. Les voisines se pointent les unes après les autres. « Tout pour les conventions et ça peut aller jusqu'à l'infanticide », se dit Selma en luttant contre son envie de déguerpir. « *Mabrouk ! Mabrouk !* » Félicitations. « La fugueuse est revenue. » Selma a beau tendre l'oreille aucune des visiteuses ne juxtapose le qualificatif « petite », d'autrefois, à « la fugueuse » d'aujourd'hui. Mais ni ses plus lointaines fuites ni le privilège de l'âge ne leur font prononcer le mot

« grande ». C'est qu'une grande fuite est une faute. Elle pèse son poids de non-dit.

En moins d'une heure, Selma se retrouve à trôner au milieu de la moitié des habitants du quartier dans des odeurs de thé à la menthe et de sueur forte. Dans le brouhaha des récits de famille, des nouvelles d'enfants absents. Car ici, presque tous les enfants finissent par partir... Auparavant, Selma ne percevait dans cette intrusion sans gêne des gens les uns chez les autres que l'impatience du voyeurisme, de l'Inquisition. Elle vivait avec la trépanation de l'oubli et barricadée dans des livres pour s'abstraire d'ici. Pour ne pas se souvenir. Aujourd'hui, elle voit ces femmes différemment. Le manque d'instruction les maintient ensemble, démunies. Les humiliations, les douleurs leur forgent cette humanité apaisée, parfois seulement résignée. Toujours promptes à partager les plaisirs comme les coups durs avec les plus proches, les voisines. Leurs semblables.

Comment alors toute cette générosité, cette indulgence sont-elles impuissantes à les arracher à cette soumission qui confine à la négation de soi ? Gare à qui outrepasse leurs limites et réveille des instincts sacrificiels.

Selma sirote un café, tandis que son œil de clinicienne entreprend de jauger l'assemblée. Elle donne libre cours à la causticité de son esprit pour lutter contre l'abattement. La mère comme la plupart de ses convives s'étalent, toutes en amas adipeux. Les sœurs n'en sont qu'au commencement. Viande, légumes et fruits sont si peu accessibles à ce degré de pauvreté. Les femmes compensent en produisant des merveilles de douceur à l'aide des farineux. Des vies passées assises ou à piétiner dans quelques mètres carrés. Préparations de gâteaux, friandises, couscous et autres féculents, elles dévorent à longueur de journée. Au petit déjeuner, au thé ou café de dix heures, au déjeuner et encore l'après-midi avec du thé. Chaque théière avale, au bas mot, l'équivalent de douze à quatorze morceaux de sucre et le nombre des tournées exige trois ou quatre réfections du breuvage. La théière s'incline, commence à verser en s'élevant de manière à faire chanter, mousser et oxygéner la boisson dans le verre, pique du bec pour déposer, comme un baiser délicat, la dernière goutte sur la surface ambrée, s'écarte puis recommence avec le verre voisin. Une chorégraphie rituelle, sensuelle, pour confire ces dames à demeure, en communion.

Des années de gavage et de sucreries modèlent aux femmes des corpulences de sumos. Et quand elles n'étouffent pas leurs enfants, elles leur capitonnent une vie de mollassons.

Ici, c'est l'obésité qui est le canon de la beauté et la boulimie le critère de santé.

Selma se distrait à observer les gestes des femmes,

à les écouter. Un dérivatif avant le tête-à-tête redouté avec la mère.

Après le départ des voisines, les belles-sœurs et les cousines s'attellent à la préparation du dîner. C'est le moment que choisit Selma pour donner à la mère les cadeaux et surtout l'argent qu'elle lui a apportés. Même loin, Selma n'a jamais dérogé à ce devoir. Cela la dispensait de l'obligation de revenir mais rendait encore plus effroyable son constat : s'acquitter de ce tribut était la seule expression du lien familial. La mère s'empresse d'enfouir le pactole entre ses seins. Selma regarde cette poitrine. Aussi loin que puissent remonter ses souvenirs, elle ne se voit pas contre elle. Petite, elle observait les autres venir s'y lover, y puiser tendresse et caresses. Les garçons surtout. Entre Selma et la mère, il y a toujours eu un obstacle d'autant plus inquiétant que Selma ignorait ce qu'il recouvrait. Il ne s'exprimait que par le sentiment d'une vague menace.

Les frères arrivent avec la tombée du soir. L'aîné d'abord, toujours aussi despote et hérissé. Son emploi de petit fonctionnaire à la mairie du village n'a certainement pas arrangé son caractère. Selma imagine qu'il doit se délecter, à longueur de journée, en abusant de ses prérogatives. A son apparition, les enfants et les femmes se débinent à pas feutrés. Il grogne trois mots de bienvenue à l'adresse de Selma et incendie la mère des yeux. Le regard plein de mansuétude, celle-ci lui sourit et l'exhorte à la patience : « Ne t'énerve pas, tu sais bien que les filles sont en train de s'occuper de ton thé ! » Les jumeaux se pointent ensemble, débonnaires comme à leur habitude. Ils tiennent un commerce peu florissant à Béchar et s'en contentent puisqu'il leur permet de rester côte à côte. Chez la mère, ils ne peuvent s'asseoir qu'après avoir encadré le frère cadet. Auparavant, insérer « le petit » entre eux visait à prévenir ses bêtises mais ne les empêchait nullement de continuer leurs conciliabules sous son nez. Maintenant, ils se parlent dans son dos. C'est que le « petit », devenu malabar, arbore une si méchante barbe. Un épouvantail charbonneux qui signe le ralliement du cadet aux intégristes sans le doter d'autre pouvoir que celui de brimer sa femme et de lui faire porter le foulard. Il ne travaille pas. Deux des garçons, instituteurs, sont retenus au sein de leur famille dans une bourgade voisine.

En fin de soirée, Selma s'installe sur une banquette de la pièce réservée aux invités. C'est là, sur cette banquette, qu'on dresse sa couche. Les autres dorment ensemble, répartis dans les chambres restantes. La mère vient enfin la rejoindre après le repas, après un autre thé, après les rires, les récits burlesques ou sinistres de la tribu. Après la colère de Selma à propos d'une déclaration idiote de sa sœur : « Tout ce qui nous arrive, c'est à cause des

Juifs ! » Après que les femmes ont porté jusqu'à leur couche les enfants qui se sont endormis les uns à la suite des autres dans leur giron ou le visage contre leurs jupons.

L'interrogatoire peut commencer. Selma est venue pour ce moment-là. Elle doit le saisir : « Je voudrais que tu me racontes la mort de Zahia. » La mère s'exécute. Une histoire de cancer comme tant d'autres. Sauf qu'ici on est loin de tout. On n'a rien. Rien en dehors de la solidarité. Ça ne calme pas toujours, la solidarité. Parfois même ça achève.

Selma en vient à l'enfant sacrifié : « Est-ce que ce premier bébé était une fille ? Comment est-elle morte ? » Selma est elle-même surprise de sa question. Jusqu'à présent, elle n'avait pensé ni au sexe ni au prénom du bébé. Pourtant, elle l'avait vu nu et gigotant au moment de la naissance. Mais la vision qui avait frappé sa mémoire et tout oblitéré était celle du corps sanglé dans ses langes. Une petite momie déjà ligotée. Et le blanc du linceul. Les questions précises qu'implique cette confrontation convoquent l'identité de cet enfant. « Non, ce n'était pas une fille. C'était un garçon. Zahia avait tellement bu d'infusions d'herbes et de racines pour se faire avorter que ce pauvre est né avec beaucoup de sécrétions dans le nez et la gorge. Ça l'a étouffé. » Selma s'écrie, soudain hors d'elle :

« Tu veux dire que vous aviez tous décidé de le tuer ! Que tu l'as étouffé ? Je t'ai vue ! »

La mère accuse le coup. Ses yeux jettent de sombres lueurs. Ce regard-là, Selma le reconnaît. Enfant et adolescente, elle le sentait souvent posé sur elle. Il la heurtait sans que jamais elle puisse le décrypter. Elle vient seulement de l'élucider. Il posait les questions obsédantes que la voix n'osait formuler : « Est-ce que tu sais ? Est-ce que tu as vu ? Qu'as-tu retenu ? » Maintenant il semble dire : « Tu savais donc ! Je m'en doutais. Ça ne m'étonne pas de toi. » Peu à peu, le visage de la mère se décompose, elle lève les bras au ciel : « Qu'est-ce que tu voulais qu'on fasse ? On était bien obligés de tout étouffer ! »

Selma frémit. Elle avait tellement, tellement espéré un démenti catégorique. Jusqu'au bout. De toutes ses forces. Tellement, tellement rêvé de pouvoir attribuer cette vision effroyable à un cauchemar, une nuit de vent de sable. De tempête démente. L'aveu la foudroie.

Au bout d'un instant, elle bondit de la banquette en direction de sa valise posée à proximité. Goumi y a glissé une flasque de whisky au moment du départ. Selma s'en empare, boit au goulot, manque de s'étrangler. La mère la regarde, les yeux à demi clos.

Plus aucun bruit dans la maison ni au-dehors. Tout le monde dort. Selma revient s'asseoir, la flasque dans la main. Il lui semble que son esprit s'est déconnecté de son corps sous la violence du choc. Elle ne ressent plus rien hormis la brûlure du whisky dans la gorge. La mère la scrute par en dessous. Personne n'a osé consommer de l'alcool chez elle auparavant. Selma s'applique à boire. C'est la mère qui rompt le silence : « Toutes mes sœurs sont mortes. Même les plus jeunes que moi. Heureusement, elles me laissent leurs enfants... » Cette phrase sonne étrangement. Comme Selma ne réagit pas, la mère la dévisage timidement avant de tenter une diversion : « Tu ne portes aucun bijou... » Selma hoche la tête de dérision, puis hausse les épaules. Au fur et à mesure qu'elle parle, la voix de la mère acquiert de la douceur et de la fermeté. « Hausser les épaules, tu l'as toujours fait. Même devant les malles du trousseau que j'avais mis des années à te préparer, à force de privations de toutes sortes. Il a attendu tes sœurs. Sauf ça. » Elle montre des créoles en trois ors torsadés et sept bracelets fins qu'elle porte. Je te les réserve encore. Comme quelques autres illusions... » Ce disant, la mère ôte les créoles de ses oreilles et les tend à Selma : « Je voudrais que tu les mettes. – Je n'en veux pas de tes bijoux, garde-les. Les créoles, même celles en toc, je les accroche avec le stéthoscope. Je les perds partout, dans les lits des malades... » Selma s'arrête au milieu de sa phrase, jette un œil furieux à la mère. Mais, de quoi parle-t-elle ? Elle n'est pas venue pour s'entretenir avec elle de bijoux. Le visage de la mère se referme, elle se lève : « Tu es trop fatiguée. Je te laisse dormir. » Avant qu'elle ne franchisse le seuil de la pièce, Selma se ravise et demande : « Comment s'appelait-il ? – On ne lui a pas donné de prénom. Il n'a vécu que vingt-quatre heures. »

On était bien obligés de tout étouffer

Le whisky n'est d'aucun remède sur l'état de Selma. Partagée entre le malaise et l'épouvante, tout se hérisse en elle. Elle a l'impression que ses os sont de fer, que ses cheveux sont une masse de barbelés électrifiée.

Elle reste là à se ronger les sangs : la naissance de ce bébé n'a donc même pas été enregistrée à la mairie. Il n'a pas existé. C'est tout. « On était bien obligés de tout étouffer ! » Comment peut-elle dormir, la mère, après cet aveu ? « Qu'est-ce que tu voulais qu'on fasse ? » Marier Zahia à l'oncle. Le meurtre d'un nouveau-né, c'est tout de même autre chose qu'un avortement. Pourquoi n'a-t-on pas fait ça ? Est-ce qu'affronter le scandale familial – la parole donnée, la confiance d'un vieillard, le père de Zahia, la fiancée d'Oujda, cette triple trahison – aurait exigé plus de résolution, de bravoure que d'assassiner un nourrisson ? Pourquoi ont-ils tous été aussi lâches ? Est-ce que les frères de Zahia, de la mère, auraient vraiment tué et leur sœur et l'oncle, leur cousin ? Selma ne croit pas à la fable de la vendetta. Pas dans cette famille. Et cela n'en rend que plus implacable l'autocensure, l'autopunition, l'inflexibilité d'une tradition obscurantiste. C'est à cela que la renvoient les deux phrases définitives de la mère : « Qu'est-ce que tu voulais qu'on fasse ? On était bien obligés de tout étouffer ! »

Combien sont-ils les bébés faits maison et étouffés en famille dans ce pays ? A la faveur de l'énormité de deux contraintes antinomiques : la promiscuité et la frustration sexuelle ? Une sinistre certitude vient plomber davantage encore la nuit de Selma : avec une population qui a plus que triplé depuis l'indépendance, l'exode rural massif, la paupérisation, le manque de logements qui fait s'entasser plusieurs générations d'une même famille dans des espaces exigus, l'Algérie doit battre tous les records en nombre d'incestes. Et d'infanticides. Mais cela ne relèvera jamais d'aucune statistique.

Selma se trouve pitoyable. Elle a laissé la mère s'éclipser et se dupe en répondant à ses propres questions. En vérité, elle n'avait besoin que de son aveu pour saisir, par le détail, tout ce qu'il y avait de sournois et d'abject dans la situation. Elle est bien d'ici et de ceux-là, Selma. Pas une malfaçon. Si elle n'y prenait garde, il lui suffirait de gratter un peu le vernis de la culture, de surseoir à la rigueur de son esprit critique pour être prête à faire bloc avec eux au plus profond de leurs ténèbres. Elle le sait et c'est bien pour ça qu'elle a toujours fui.

Encore étudiante, à Oran, Selma avait pu observer les mobilisations et les stratégies familiales, qui ne s'embarrassaient de rien, pour récupérer un récalcitrant : vivres coupés, chantage affectif, coups et autres sévices corporels, enfermement ou, à l'inverse, exclusion... De compromission en faux-fuyant et finalement en veulerie, Selma suivait, en proie à une révolte bien impuissante, l'inéluctable dégringolade des victimes. Jusqu'au terme de la régression, le giron maternel.

Selma se jurait alors de ne jamais laisser aucune latitude à ce cirque macabre. Et quelle meilleure garantie contre les phobies ancestrales que de mettre le désert, d'autres terres et la mer, derrière sa fuite ? Elle serrait les poings, plantait ses ongles dans ses paumes jusqu'au sang en se répétant : « Les rôles de victimes, je n'en veux pas. » Et si ce mot, victime, soulevait un étrange écho en elle, Selma l'imputait aux dérives des despotismes familiaux et étatiques. Ils ratissaient le pays, de concert, faisant le lit de la barbarie intégriste.

Loin de la saouler, le whisky semble attiser la lucidité de Selma. Ce soir, elle admet que son amnésie était le seul silence qu'elle pouvait opposer au leur. Mais quel leurre ! Si tout à fait inconsciemment elle s'est exemptée, elle, la rebelle, de devoir dénoncer toute sa famille, elle ne s'est pas sentie moins orpheline pour autant. Qu'importe, ce soir cette certitude lui permet d'en découdre avec la honte et la culpabilité. Elle est seule dans la pièce réservée aux invités. Les autres ronflent tous ensemble dans les chambres voisines. Dort-elle, la mère ? Pendant une fraction de seconde l'envie effleure Selma d'aller la secouer, la mère, la sortir de sa couche, lui intimer de venir répondre de tous ses méfaits. A quoi bon ? Elle n'en tirera rien qu'elle ne sache déjà. Selma n'a qu'à s'en prendre à elle-même.

Du reste, la mère resterait muette devant elle. Il en a toujours été ainsi. N'en a-t-elle pas eu la plus évidente démonstration cette nuit ? Ne se voit-elle pas réduite à un monologue après tant d'années d'absence et une vérité évacuée de façon aussi sommaire que s'il s'était agi d'une déclaration de peu d'importance ? Combien de temps la mère a-t-elle daigné consacrer à leur tête-à-tête ? Un quart d'heure ? Guère davantage, encore que parasité par l'inopportune histoire de bijoux, de trousseau que Selma lui a abandonné dans ses malles. Ses malles qui se sont transformées en cachots pour les plus jeunes filles. Mariages éclairs et retours dans sa maison où elles végètent, réduites au statut de mortes-vivantes régi par la mère. Avec ses autres filles, elle palabre à longueur de journée. Elles partagent les mêmes liens, la même vie éteinte.

Pour Selma, deux phrases ont suffi. Il n'est pas rare que l'enfant prodige soit aussi celui ou celle que tous craignent ou maudissent.

Elle revient à elle, songe un instant à téléphoner à Goumi, regarde sa montre. Il est quatre heures et demie du matin. Elle repose à regret son téléphone. Elle aura le temps de s'entretenir avec son ami demain et durant les trois jours qui viennent. Demeurer ici au-delà de vingt-quatre heures est au-dessus de ses forces. Elle, ils n'auraient même pas besoin de la tuer comme leur bâtard. Elle finirait par en crever toute seule.

Selma a dû sombrer dans un bref sommeil à l'heure où blêmit le sable. Des scènes parcellaires de cauchemar en attestent. La mère les traverse toutes qui vient de déposer le plateau du petit déjeuner sur la table devant sa banquette. Les sœurs suivent avec d'autres plats, débordant de galettes feuilletées, de variantes de crêpes, de beignets… Le visage de la mère est impassible. Que peut-elle redouter ? Toute sa descendance est là sur ses talons, dressant un rempart vivant, aimant, entre elle et Selma.

Les frères ont déjà quitté la maison. Le cadet, lui, dort encore. Après le petit déjeuner pris dans le brouhaha, les enfants se dispersent. Les uns partent pour l'école. Les autres rejoignent d'autres enfants et investissent la rue avant que la chaleur torride de la mi-journée n'en chasse tout le monde. Les femmes s'attellent aux tâches ménagères. La mère reste là et observe son aînée du coin de l'œil. Gênées l'une et l'autre par leurs silences et les regards qu'elles se jettent, Selma et la mère s'efforcent de sourire. Tandis que Selma dépose sa tasse vide, la mère plonge sa main entre ses seins, en retire une bourse en tissu fermée par un cordon, l'ouvre et en sort les sept bracelets, la fameuse « semaine » qu'hier encore elle portait et qu'elle tend à Selma. Celle-ci se contente de refuser. Elle est trop lasse pour s'énerver, trop lucide pour s'autoriser à émettre une opinion. La mère supplie : « Prends-les, sinon je risque d'être tentée de les vendre au moment de partir pour mon pèlerinage à La Mecque. Je compte y aller l'année prochaine. Je veux m'y rendre avant de mourir. » Selma la considère avec stupéfaction. Mais que cherche-t-elle donc avec cette histoire insistante de bijoux ? A pousser Selma hors de ses gonds ? A détourner ses questions ? Ou bien est-elle en train de lui faire comprendre qu'elle a besoin de plus de sous qu'elle n'en a reçu ? Certes, la vénalité familiale a une excuse imparable, la misère. Mais la somme que Selma lui a donnée hier soir lui paierait trois voyages et autant de séjours à l'autre bout du monde. Exprime-t-elle seulement le désir, somme toute légitime, d'une mère de léguer des bijoux à sa fille aînée ? Est-ce une façon de lui signifier, qu'en dépit de l'aveu ou grâce à lui, elles sont plus que jamais mère et fille ? Évoque-t-elle sa propre mort pour tenter de l'amadouer ? Éprouve-t-elle le besoin de se faire pardonner ?

Brusquement, la mère a l'air d'une petite fille minée par la culpabilité et tellement maladroite. Tout dans son être, dans son regard, se tend vers Selma implorant son acceptation. Cette fois, Selma doit se faire violence pour ne pas la prendre dans ses bras, elle qui est venue exiger la vérité nue. Elle repartira sans demander son reste. C'est un peu facile pour un bourreau de se poser en martyr. Elles ne vont pas se donner l'accolade pour s'absoudre mutuellement ni inverser maintenant le sens des dons. C'est Selma qui a toujours donné sans jamais recevoir. Avec cet orgueil rétif qui ne quémande rien, surtout pas l'affection. Selma s'assène ces brutalités en pensée afin de se défendre de tout apitoiement. Mais elle ne peut s'empêcher de penser à toutes les humiliations subies par la mère, sa vie durant. Un souvenir assiège Selma, sa grand-mère maternelle est morte en mettant au monde la mère, son premier enfant – les tantes ne sont en vérité que ses demi-sœurs. Faut-il y entrevoir une autre clef de sa relation à Selma, sa fille aînée ? Tout à coup, elle se trouve ridicule de s'évertuer à chercher une excuse à la mère.

L'infanticide lui apparaît soudain dans sa double signification : l'acte le plus avilissant auquel on l'ait acculée et la pire manière d'annihiler des mères, de tuer une part d'elles-mêmes en les contraignant à l'abandon ou au meurtre des bâtards de la tribu. Si elles s'y refusaient, elles étaient tuées ou ne devaient leur exil qu'à quelque miraculeuse intervention. Si elles s'exécutaient, elles n'étaient plus que des fantômes à la merci de toutes sortes d'outrages et de chantages.

Cette pénitence vaut bien d'autres prisons.

L'image de Médée hante Selma. Elle s'est imposée dès que celle du meurtre est venue lui dessiller les yeux lors de cette brusque restauration de sa mémoire. Mais comment risquer la comparaison quand la mère comme la tante feraient si pâle figure aux côtés de Médée ? Les divergences sont là dès les motivations de cet acte. Il relève du seul orgueil chez Médée. Médée méprise souverainement la notion du mal et tue pour se venger d'un époux et des puissants avec lesquels ce dernier fait alliance. Elle leur inflige un supplice radical et s'en vante. La douleur de Médée n'est rien face à sa fureur envoûtante. Médée ne se reconnaît aucune limite pas même les obligations d'une mère. Elle transforme ses méfaits en exploits et se place au-delà des jugements, de la morale, de la condition humaine, en somme. C'est parce qu'elle surpasse, outrepasse toutes communes mesures que Médée continue à fasciner depuis l'Antiquité.

Seules la honte et la menace du déshonneur ont présidé à la décision familiale d'un meurtre. La mère n'en a été que l'exécutante. La mère a étouffé en cachette un nourrisson et s'est ainsi discréditée aux yeux de son aînée. Elle ne connaîtra jamais d'autre exil que celui de la contrition. Ni ses prières ni la miséricorde des amies et des voisines ne sauraient l'amener à s'enorgueillir de ce geste qui fait d'elle une criminelle et une victime tout à la fois.

En vérité, c'est au pays tout entier, à l'Algérie, que sied le rôle de Médée. C'est elle qui a fomenté des violences, des exactions avec cette sorte de jouissance destructrice. Qui a assassiné les uns, exilé les autres, fait incinérer des bébés dans des fours, abandonnant d'autres enfants avec d'indicibles blessures. Elle continue à se mutiler en reléguant la moitié de sa population, les femmes, au rang de sous-individus dans les textes de sa loi.

« L'Algérie ne s'en sortira que par les femmes ! » Ce cliché ressassé en France et ailleurs dans le monde exaspère Selma. Il y a longtemps déjà, dame Rimiti* chantait, avec sa gouaille habituelle : « Le bien est femme et le mal est femme. » Elle mettait

---

* Célèbre chanteuse de raï.

une jubilation débridée, canaille, à célébrer ce dont les femmes avaient alors honte : le sexe, l'amour, l'ivresse… Jamais l'enfantement et tout ce à quoi il peut acculer. Combien faudrait-il de torrides Rimiti pour arracher les femmes à leurs archaïsmes ? A leur poids mort ?

Selma pourrait répondre à Rimiti comme à l'adage d'une certaine bienséance : l'Algérie ne s'en sortira que lorsqu'elle se dotera de lois égalitaires et de la laïcité. Lorsqu'elle aura banni l'obscurantisme du pays. Lorsque les écoles de la république ne seront plus les lieux où l'on enténèbre les enfants.

Mais comment croire qu'il suffirait d'une véritable démocratie, d'un enseignement de qualité qui développerait l'esprit critique, les libertés et la responsabilité qui en découleraient, pour venir à bout de la part obscure des humains ? Tant de violences ont été commises ici sans que jamais justice soit rendue. Tant de traumatismes toujours niés, toujours mis sous le boisseau…

Les plus grandes civilisations sont-elles indemnes de la part ténébreuse tapie au fond des humains ?

Le bruit du taxi qui s'arrête devant la maison délivre Selma. Elle ne fait qu'un bond à l'idée de se retrouver seule avec Goumi. La mère se jette contre elle, l'étreint comme elle ne l'a jamais fait, fond en larmes : « Reviendras-tu ? – Oui. » Selma la serre éperdument avant de se sauver, le cœur à l'envers. La mère lance dans son dos : « Ne m'oublie pas ! »

La vue de ce gouffre, le ciel, lui est insupportable. Selma baisse la tête. Tandis que démarre le taxi, son regard s'abîme dans la mélancolie de son village natal. Enfant, elle l'a vu se vider peu à peu, se recroqueviller, se refermer. Il est des contrées que tout frappe et dépossède. La survenue du progrès et des indépendances n'y change rien. L'ère du pétrole flambant à l'est du désert a rendu caduque l'activité des mines de charbon de l'ouest, seule source de travail de l'immense région saharienne. Son pouvoir d'attraction s'est exercé bien au-delà du pays. Siciliens, Sardes, Maltais, Espagnols, des migrants de tout le bassin méditerranéen ont accouru dans ce bout du monde où des terrils sortaient de terre et disputaient le vent aux dunes. Ils avaient beau se multiplier, s'étaler, ils donnaient l'impression de négatifs bâclés, ratés, d'une injure faite à la splendeur des sables. Une prétention humaine carbonisée pour avoir osé singer l'œuvre des amours orgiaques du vent et de l'infini.

Les départs dus aux licenciements massifs des années 60 et 61 ont été démultipliés par l'exode des populations juive et pied-noire en 1962. L'effervescence provoquée par l'avènement de l'indépendance, l'accession d'une population miséreuse aux biens immobiliers laissés vacants par les Français ont, un temps, masqué le marasme. Mais la saignée du village a continué. Peu à peu, toute sa jeunesse et ses forces vives l'ont déserté.

Sortis du labyrinthe de leur ksar antique, des habitants ont disposé des corons. Les commodités – électricité, toilettes, eau courante – l'ont emporté sur la beauté architecturale des maisons de terre. Après la détresse du chômage à grande échelle, le désespoir du déracinement de pans entiers de la population, c'est la laideur qui s'est abattue sur le village. Abandonné, le beau ksar s'écroule sur lui-même tandis que des constructions hideuses gangrènent l'espace entre terrils et dunes. Toutes les différences ont été gommées. L'indépendance a produit un nettoyage ethnique sans précédent. Mais la prétendue justice des héros de la guerre n'a donné un quignon de pain et n'a accordé quelques droits estropiés que pour mieux priver un peuple de l'aspiration à la liberté qui l'a tenu en haleine pendant des années. Tout a fini par tomber en disgrâce, dans la misère et le renoncement. Même les terrils en attestent que les tempêtes de vent de sable ont rendus poussiéreux, d'une couleur indéfinissable.

Quarante ans plus tard, toujours délaissés par la nation et par leurs enfants, les vieux et les plus démunis se terrent dans la pénombre des maisons. Ceux-là, même le terrorisme les a ignorés. Le reste du monde n'existe pour eux que sur les écrans des télévisions qui seules pérorent encore et les hypnotisent. Soudain, Selma a l'étrange impression de traverser un cimetière pour vivants à mille lieues de toute conscience humaine.

Aïn Eddar, le nom de son oasis natale, prend deux significations, selon la façon dont on prononce «Eddar»: «la maison» ou «la douleur». Aïn étant «la source», la maison et la douleur seraient donc issues d'une même résurgence?

Face à la mer

Selma a accompagné Goumi à son bureau afin de pouvoir garder sa voiture. Éreintée, à vif, elle n'a qu'un désir, se rendre à la mer. Goumi lui a conseillé les Andalouses. La proximité des habitations et des commerces lui permettra de s'isoler sur la plage sans être importunée. Elle, sa préférence va aux rivages déserts, sans construction. Mais ici, ce serait dangereux. Elle n'a pas le choix.

La vue de la mer, ses effusions remplissent la solitude de Selma et prolongent son goût des plaisirs. Si la température le lui permet, Selma marche, marche longtemps, de l'eau jusqu'aux genoux. La caresse liquide referme sur elle ses tourbillons, la tonifie. Selma s'y abandonne dès qu'elle perd pied, se laisse porter par les flots. Parfois, c'est un excès d'angoisse ou de désespoir qui jette Selma vers la Méditerranée. Elle la longe à vive allure, éblouie par sa plénitude. Son kaléidoscope irradie les ténèbres intérieures de Selma, en évacue les tensions. Les battements de son cœur s'accordent au ressac. L'autre côté est le même. Et quand le soleil se couche sur la mer, Selma a l'étincelante sensation qu'il se lève dans son cœur.

Face à la mer, les yeux de Selma scrutent l'horizon : là-bas, c'est encore chez elle. Un sourire lui vient aux lèvres à la pensée que, sur quelque rive qu'elle se tienne, l'autre côté est encore « à elle ». Ces « ici » et « là-bas » s'inversent pour lui délimiter son vrai territoire, cette mer.
Le mirage le plus aveuglant.
Comment Selma pourrait-elle, lors de ses promenades au crépuscule sur la plage du « Grand Travers » à Montpellier, ne pas penser aux naufrages à répétition des candidats à l'immigration ? Quand cette image la submerge, Selma se surprend à observer cette mer avec défiance. Pourquoi offre-t-elle des perspectives aux uns et s'ouvre-t-elle en tombeau pour tant d'autres ?
Qu'un journal télévisé vienne à montrer l'une de ces embarcations à la dérive, en difficulté, et Selma retient son souffle en tentant de distinguer les visages. En vain. Ils restent flous, informes. Une grappe d'humains noyés de leur vivant déjà par des caméras, soudain atteintes de l'incorrigible myopie des âmes jalouses de leur quiétude, à l'heure des repas.
La mise en garde de sa première institutrice remonte alors à la mémoire de Selma : « L'école est

ta seule planche de salut, de survie. Ne lâche jamais ! » Sa « planche de survie », le savoir, aura été plus salvatrice pour elle, la fugueuse solitaire. Étaient-ils moins esseulés, ces malchanceux, pour avoir pris quelques arrangements risqués avec les lois du nombre ? Des visages lui manquent qu'elle puisse fouiller afin de débusquer en eux les stigmates d'une blessure, d'un traumatisme sous le masque stéréotypé de la misère. Quelle autre détresse, plus enfouie, se cache sous l'alibi de l'indigence ? Quelle autre injustice jamais soupçonnée ? Quels autres drames trop ensevelis sous les secrets des familles les ont-ils fait s'échouer au fond de la mer ?

Selma frissonne à l'idée que rien ne la prédisposait, elle, à un avenir plus indulgent.

L'envie d'échapper à la misère, à la terreur, l'attraction de la traversée n'en finiront jamais de sauver et de tuer, confondant le pire et le meilleur sur une même ligne d'horizon. Telle une girouette, cette aspiration change la direction des flux de migrants au gré des fortunes. Il fut un temps où l'appel au départ avait lieu sur l'autre rive. Point tant de naufrages, pourtant. Selma sourit en se rappelant le nom de la station balnéaire où elle se trouve : Les Andalouses.

Elle a pris un livre et des journaux tout en sachant qu'elle ne pourra rien lire. Elle est encore trop bouleversée par ce qu'elle vient de vivre pour pouvoir absorber le moindre mot. C'est une journée tiède où la plage se languit dans l'arrière-saison. La lumière se consume et, d'une trame toute d'ors et de phosphorescences, tisse le ciel à la mer.

Du sable plein les mains, Selma s'aperçoit qu'elle a quitté Aïn Eddar sans avoir foulé sa dune. Mais il lui a paru impensable d'associer le sable du silence de tant d'années à ce fracas en elle. Cependant elle l'a bue du regard tout le long du trajet en taxi vers Béchar. La dune déploie ses mamelons et ses crêtes entre les deux agglomérations. A ses pieds, la route trace son arête noire à travers le reg. En caressant des yeux ses ocres et ses galbes, Selma a senti le calme revenir en elle.

Ce giron de sable a été son refuge jusqu'à la fin de l'adolescence. Jusqu'à son départ du désert. C'est là qu'elle s'était retirée dès les premières fugues, la rêverie pour seul viatique. Ensuite, elle venait s'y réfugier pour lire. Les livres destinés aux enfants n'avaient pas été ses lectures favorites. De la bouche de camarades de classe pieds-noires – celles qui, entre autres privilèges, avaient des mamans capables de leur lire des histoires et dont la présence suffisait à écarter l'appréhension du sommeil – Selma avait découvert la propension supposée de ces livres-là à endormir. Elle les avait aussitôt délaissés pour s'attaquer aux livres « des grands », elle l'insomniaque. « C'est trop difficile pour toi. Tu ne vas rien y comprendre », lui avait d'abord dit la bibliothécaire. Mais tant mieux si déchiffrer leur mystère la tenait éveillée encore plus longtemps.

Maintenant, Selma comprend combien apprivoiser le français lui avait été bénéfique. Ce n'était pas la langue de la mère. Seule une langue étrangère pouvait accueillir l'arrachement de Selma et lui convenir. Et l'aborder d'emblée dans la difficulté avait mobilisé son attention, l'obligeant à se détourner du vertige mortifère du néant. Quant au manque abyssal d'amour, elle l'avait projeté sur l'infini du désert. L'école, la dune et les livres avaient protégé Selma du reg qui s'écartelait en pure perte, du ksar qui grouillait en rond dans ses obsessions, ses traditions, et de la terreur reléguée au point aveugle de la mémoire, sous le poids de la mort.

C'est la mer qui la familiarisa, vingt années plus tard, avec les miroitements de ses horizons. Et l'avoir franchie, être parvenue de l'autre côté, loin des enfermements algériens, la lui rend indispensable.

A sa manière, Selma avait, elle aussi, étouffé l'insoutenable.

Portant la main à sa tête, Selma en retire une poignée de cheveux. Ils tombent, tombent. Leur chute a commencé juste après que Selma a recouvré la mémoire du meurtre. Cette horreur cessera-t-elle avant de la laisser totalement chauve ?

L'unique semaine seule avec elle

Attablée avec Goumi, Selma lui parle d'elle, la mère. Une mère, qu'est-ce que cela signifie pour elle ? Elle bute contre ce mot, se tait. Maintenant, il lui arrive si souvent d'être arrêtée par des mots. Par ceux-là qui ne sont, pour elle, que des coquilles vides. N'est-ce pas cette part d'obscurité intérieure qui lui fait déceler leur dissonance, leur charge et leur subversion ? D'une voix hésitante, en quête de précision, Selma tente d'exprimer ce qui a été jusqu'alors impensable, inabordable. Elle dit sa répugnance trouble, son ambivalence face aux sempiternelles grossesses de la mère. A peine avait-elle accouché que son ventre se remettait à enfler. Après la naissance des jumeaux, Selma se surprenait à surveiller son tour de taille, de plus en plus énorme, avec un effarement muet. Couvait-elle des triplés ou des quintuplés maintenant ? N'allait-elle pas éclater à force de se distendre ? Selma prêtait une oreille attentive aux histoires d'accouchement :

« Une telle, Dieu ait son âme, elle est morte en couches… » Combien de fois Selma avait-elle tremblé à cette expression : « morte en couches » en fixant le gros ventre de la mère ? Elle repense à l'injonction d'un psychiatre, l'une de ses connaissances qu'elle tient en grande estime : « Écrivez ça. Écrivez-le en disant *elle* », fixe Goumi et demande avec inquiétude : « Écrire ? » Tout à coup, les implications du verbe écrire la submergent et la laissent un long moment songeuse. Goumi l'enlace, l'incite à continuer son récit.

Selma met du temps à pouvoir récupérer ses esprits et reprendre, à l'intention de Goumi :

La seule visite que la mère lui a rendue à Montpellier, Selma en avait été avertie par télégramme : « Ta mère arrivera à Marseille le vendredi 16 à midi. » Personne ne s'était soucié de son avis. Selma en avait déduit que la mère devait être bien malade pour qu'on se résolve à la lui expédier, sans crier gare. S'occuper d'elle en la circonstance, lui incombait. C'est tout. Selma ne voyait pas d'autre motif plausible à ce voyage. Certainement pas une crise d'affection pour elle. Depuis combien d'années ne s'étaient-elles pas vues ? Selma en avait perdu le compte.

Il n'y avait pas de téléphone dans la maison de la mère, là-bas, dans le désert. Trop cher. Selma avait répondu par un autre télégramme : « Je serai à l'aéroport de Marseille le vendredi 16 à midi. » Elle s'était arrangée pour se libérer ce vendredi-là ainsi que la semaine suivante. Par chance, elle n'était pas de garde pour le week-end.

C'est d'abord à son allure pataude que Selma avait reconnu la mère parmi la foule des passagers. Avec un pincement au cœur, elle l'avait suivie des yeux dans le flot qui se dirigeait vers le poste de douane. La mère avait troqué le blanc haïk contre une djellaba grise, plus pratique pour le voyage. Sur conseil avisé, sans nul doute. Les seuls voyages qu'elle connaisse l'emmènent, une fois l'an, vers Béchar à vingt kilomètres de sa maison. Encore lui faut-il quelque incontournable raison familiale. Et en dépit de l'escorte assurée des fils, cette obligation l'angoisse des jours à l'avance.

L'aîné des garçons l'avait accompagnée à Oran, installée dans l'avion sous l'égide d'un couple d'immigrés rompus aux va-et-vient entre les deux rives. Tel un colis à la fois encombrant et précieux à garantir jusqu'à destination.

Barricadée dans sa maison, la mère régissait la vie de toute la famille. Dehors, elle devenait une handicapée totale.

Elle s'était avancée entre les douaniers comme un zombie. Appliquée à garder le regard rivé aux pieds qui la précédaient, comme il sied aux femmes de bonnes mœurs, elle serait passée devant Selma sans la voir, si celle-ci ne l'avait agrippée par une manche. En découvrant Selma, son regard exprima le soulagement de qui venait enfin d'être sauvé d'un péril. Elle avait survolé la mer ! Le couple bienveillant qui l'encadrait avait pris congé avec respect, livrant son chariot à Selma.

Cette fois, l'élan de la pitié avait masqué à Selma ce que leur accolade avait d'emprunté. Elle n'avait écarté son visage du sien que pour lui entourer les épaules d'un bras protecteur. L'affolement de la mère était poignant. C'était sans doute cette terreur qui lui vissait les yeux au sol. Ce devoir de se contenir. De sa main libre, Selma avait entrepris de pousser le chariot. Jamais le temps suspendu des aéroports ne lui avait paru aussi improbable. Elle marchait en enlaçant la mère, sur une autre terre, dans un autre Sud. Par quelle inadvertance cet ailleurs pouvait-il, soudain, les pousser à s'atteindre, à se rejoindre ? Les débarrasser des armures et des tragédies du pays ?

Ragaillardie, la mère s'était mise à parler : « Tout le monde t'embrasse… Oui, oui, ils vont bien. Moi aussi, oui. » Un long silence s'était écoulé avant qu'elle ne se décidât à ajouter : « Je suis venue parce que je vais marier tes sœurs, les deux dernières. Et comme tu le sais, les revenus de tes frères ne suffisent même pas à subvenir aux besoins de leurs enfants. »

En clair, la mère ne s'était déplacée, n'avait bravé sa terreur des lointains, sans l'indispensable présence des fils, que pour faire cracher à Selma l'argent nécessaire aux mariages de ses deux dernières. Tout à trac. Le coup de grâce. Venant d'un monde où les circonlocutions finissent par faire perdre le fil d'un propos, du moins avait-elle le mérite d'être allée droit au but. Pour une fois. Un sourire s'était esquissé sur les lèvres de Selma à l'idée du conclave familial décidant de l'impôt qu'elle devait verser à la tribu. Et du masochisme de la mère autoproclamée huissier de service. Un huissier bien piteux, en vérité, empoté par la peur de se perdre dans cette mésaventure ou, peut-être, de n'en pas revenir indemne...

Les quinze années passées sans se voir n'y avaient rien changé. Au sein même de l'aéroport, entre elles, le temps avait déjà repris son cours habituel. Une obligation à perpétuité. Et une angoisse commune qui, apprivoisée par la mère et refoulée par Selma, n'en avait pas moins généré et entretenu ses fuites et ses rébellions.

Peu à peu, la mère s'est détendue et a commencé à parler. Elle ne devenait prolixe que pour rapporter des nouvelles, des anecdotes sans rapport avec Selma et elle. Tandis qu'elles roulaient sur la plaine de la Crau, la mère lui parlait de ses petits-enfants que Selma ne connaissait pas encore, de ses sœurs, de ses voisines... Selma, elle, se demandait comment la mère allait réagir en rencontrant Laurent, son compagnon. Une onde de joie vengeresse l'avait parcourue à cette pensée. Elle vivait avec un « mécréant » depuis dix ans et « ils » n'en savaient rien. Puisqu'elle n'était qu'une pourvoyeuse de fonds, elle gardait pour elle-même les trésors des amours jamais partagées avec eux.

Tout ce qui n'avait pas de prix. Et un intangible capital, sa liberté.

Selma s'était contentée d'annoncer : « C'est Laurent. » La mère avait marqué un temps d'arrêt avant de tendre, timidement, une main vers lui. Par la suite, si elle n'osait affronter le regard du compagnon de sa fille, elle ne le lâchait pas des yeux dès qu'il se détournait. Avec une insistance ingénue, touchante. Une attention aussi dépourvue de réprobation que sidérée. Comme si la mère s'attachait à examiner le physique et le comportement de cet étranger pour tenter, un peu, de pénétrer le mystère de sa propre fille. Et qu'une force obscure, une invalidité fondamentale, la contraignaient à déclarer forfait par avance. Ses yeux s'arrêtaient alors sur Laurent avec une expression d'avidité confuse.

Laurent avait préparé le repas et dressé la table. Comme il était quatorze heures passées, il s'était empressé de servir : halal, la viande, il l'avait achetée chez un boucher arabe du Plan Cabane, spécialement pour elle. *Halal*, cachère, répétait-il, avec l'engouement de lui plaire et l'envie de la décrisper.

La mère admirait cet escogriffe tout en bras et en jambes qui tantôt disparaissait dans la cuisine, accaparé par les tâches ménagères, tantôt se pointait et embrassait sa fille en conquérant, lui ébouriffant les cheveux, l'étreignant. Si Laurent ne correspondait à aucun des archétypes masculins de la mère, il lui plaisait. C'était évident. Mais jamais elle ne l'avouerait. Comme jamais elle ne demanderait à Selma ni depuis combien de temps ils vivaient ensemble, ni s'ils étaient mariés, ni pourquoi ils n'avaient pas d'enfant.

En Algérie, Selma n'avait fait que passer chez la mère. Un jour ou deux, de loin en loin. Lorsque l'envie de retrouver la dune, les lieux des dérobades, des repaires sauvages de l'enfance l'emportait sur l'angoisse de devoir fuir, une fois de plus, leur mutisme réciproque. Comme s'il lui fallait, de temps en temps, revenir prendre la mesure, ou plutôt la démesure, de tout ce qui n'avait jamais existé entre elles pour conforter sa solitude. Et puiser la force, la détermination nécessaires à sa sauvegarde dans un éloignement de plus en plus grand.

Mais voilà que la mère débarquait dans sa vie, lui infligeant cette cruauté, cette persistance à taire jusqu'aux questions essentielles qui viennent spontanément à une mère devant sa fille. Mais quand s'étaient-elles donc parlé à cœur ouvert ? Quand avaient-elles passé du temps ensemble ? Toute leur vie, elles n'avaient fait que croiser leur silence. Un silence si vertigineux qu'il les maintenait à distance.

S'il lui fallait trouver un mot, un seul, qui puisse définir la mère, ce serait : jamais.

Selma n'ignorait pas que la plupart des Maghrébins qui vivent en France s'interdisent certains comportements libérés quand ils reçoivent les leurs qui débarquent du pays. Par souci de ne pas les heurter, de s'épargner les médisances colportées. C'était la première fois que la mère allait regarder sa fille vivre dans son élément. Même à Oran, elle ne l'avait pas fait. Aussi Selma mettait une pointe d'orgueil à ne pas tricher. Quitte à la déstabiliser un peu plus. Au point où elles en étaient ! En réalité et, secrètement, Selma s'était promis de transformer la présence imposée de la mère en moment de vérité. Le seul qui leur serait jamais donné de partager. Si seulement pour ces quelques jours, elles pouvaient cohabiter et traverser, ensemble, des heures authentiques. C'était l'occasion de forcer la mère à découvrir sa fille, pour une fois, qu'elle ne s'en souvienne pas seulement par nécessité ou par cupidité. C'est pourquoi Selma n'allait pas se retenir d'embrasser son homme, non musulman, devant la mère et continuerait à trinquer avec lui, à boire du vin à table… Mais que les petits gestes du quotidien de Selma se travestissent en grands péchés aux yeux de la mère ne les rapprocherait certes pas.

A chacune son crime et son amnésie.

Dans la soirée, Laurent s'était retiré, leur abandonnant le salon. Lorsqu'une heure plus tard Selma l'avait rejoint dans leur chambre, il avait levé le nez de son livre : « Alors ? – Alors rien. Pas une question ni sur toi ni sur moi ! » Laurent l'avait prise dans ses bras, tendue, nouée, et lui avait fait l'amour. Avec lenteur, avec douceur. Elle avait joui et s'était endormie le visage sur son cœur. Laurent en était ébahi. C'était bien la première fois qu'il la voyait sombrer ainsi, d'un coup, avant lui. Il ignorait que, piégée chez elle par la mère, s'endormir à la vitesse d'un interrupteur qu'on éteint devenait la seule fugue possible de l'insomniaque. Déjà enfuie dans son rêve, Selma se voyait petite fille se hâtant vers la dune. Arrivée au sommet, elle lovait son corps et sa peine au creux des sables. Loin de la mère. Absorbé par la douceur ineffable des sables, le chagrin ne durait pas. Peut-être parce que sa persistance aurait acculé Selma à l'introspection. Et qu'elle n'avait aucune envie de subir l'irruption des images enfouies. Elle se carrait, se coulait avec volupté dans le sable. Elle était l'enfant de cette dune avec laquelle elle faisait corps. Faisant abstraction du vide obsédant de l'horizon, le regard de Selma caressait les galbes de la dune, savourait ses teintes de miel et d'ambre. C'est là qu'éclatait sa joie de vivre.

Dépenses contre dispenses : le manque de discussion entre la mère et la fille, Selma l'avait comblé par un tourbillon de déplacements et pallié l'absence de l'affection par toutes sortes de dons. Elle avait entraîné la visiteuse à travers son Sud d'adoption. La découverte des villes, des paysages captivait l'attention de celle-ci, masquant ainsi toutes les défaillances du lien filial. Pour la mère, d'habitude confinée chez elle, l'enchaînement des balades et des courses prenait les proportions d'une expédition continue, rendait le silence plus supportable et donnait l'illusion d'un partage... Le lac du Salagou, l'arrière-pays du Pic Saint-Loup, les Cévennes et leurs environs, la Camargue et jusqu'aux commerçants arabes de Marseille après ceux de Montpellier. Combien de marchandages ? Combien de dizaines de mètres de tissus scintillants ? Combien de fioritures, de quincailleries ? D'ustensiles tout à coup déclarés indispensables. De trouvailles dont la mère allait s'enorgueillir, là-bas dans le désert.

En dépit de l'accoutrement de sa djellaba, Selma s'était amusée à forcer la mère à un déjeuner dans l'un des restaurants du vieux port de Marseille. Le nez dans son assiette, celle-ci semblait tétanisée. Selma s'était emportée : « Mais regarde donc un peu autour de toi ! Profite du spectacle ! Peux-tu me dire pourquoi tu as honte comme ça ? » La mère avait levé les yeux, jeté un regard furtif sur la terrasse du restaurant : « Je n'ai pas à avoir honte. Il n'y a pas d'Arabe, ici. » Selma avait éclaté de rire. La mère, elle, n'avait pas achevé son balbutiement qu'elle repiquait déjà le nez dans son plat.

Le soir, la mère était si fatiguée qu'à peine sortie du dîner elle allait se coucher. Son air têtu ne parvenait plus à cacher une excitation satisfaite. Blottie dans les bras de Laurent, Selma mettait du temps à s'en remettre.

Une semaine plus tard, à la fin de son séjour, la mère était parée pour affronter ses deux mariages. Elle emportait même de quoi pourvoir aux festivités : « Tu es sûre que tu ne viendras pas ? » Non. Financer avait amplement suffi à écœurer Selma de sa participation à cette mascarade.

A l'aéroport, le vendredi suivant, Selma avait confié la mère à deux jeunes hommes en partance pour Oran. L'empressement que ceux-ci manifestèrent à accomplir cette mission rassura la mère. Après un au revoir plus que pudique à Selma, elle se laissa emmener docilement. Selma cheminait le long du couloir de verre qui désormais les séparait, lorsqu'elle vit la mère se jeter contre la paroi en y collant le visage et les mains dans une sorte de détresse subite. Comme si c'était seulement une fois qu'elle se trouvait à l'abri de Selma que la mère prenait conscience de leur situation : elle partait pour le désert, loin de cette fille sans famille ici. Elle n'allait pas la revoir pendant des années. Peut-être, plus du tout. Ébranlée, Selma vint superposer ses mains aux siennes. Au contact rigide et froid du verre, des larmes lui montèrent aux yeux : ce qui les avait toujours désunies, la mère et elle, était comparable à cette cloison-là. Aussi dur et ô combien plus infranchissable demeurait l'écran du secret dressé entre elles.

Un policier ayant assisté à la scène s'était dirigé vers Selma et s'adressant à elle sur un ton réconfortant : « Oran n'est pas loin ! C'est juste de l'autre côté de l'eau… » Selma lui avait souri avec mélancolie. Comment aurait-il pu deviner que les distances géographiques n'y étaient pour rien ? L'autre côté, pour elles, ce serait l'amour. Ce côté intime de la vie où elles ne se rejoindraient jamais.

Selma s'arrête un moment de parler, reprend son souffle, regarde à peine son ami avant d'ajouter :

– La venue de la mère à Montpellier, c'était il y a quinze ans… En 1999, je lui avais écrit pour lui demander si elle acceptait de me recevoir avec Laurent pour une nuit. Juste le temps de lui montrer mon village natal avant de continuer plus loin dans le désert. Elle m'avait fait répondre qu'il lui était inconcevable de recevoir le *roumi,* à cause des voisins, des gens... Hier, elle n'a pas eu un mot pour lui, non plus. Elle ignore même que nous nous sommes séparés depuis quatre ans maintenant. Cela ne fait pas partie de son monde, voilà tout...

Goumi hoche la tête avec l'air de qui en sait aussi long :

– Je préfère encore l'attitude hermétique de ta mère à celle mortifiée de la mienne. Parfois, lorsqu'elle me regarde, j'ai l'impression que c'est ma dépouille qu'elle voit. Moi aussi cela fait une éternité qu'elle ne me pose plus aucune question. Elle préfère se torturer en soupçonnant ce que je suis plutôt que d'accepter ma différence. Pourtant je suis un homme, « le fils » comme elles disent.

Selma acquiesce. Même dans le monde prétendu évolué, beaucoup de parents ne peuvent concevoir l'homosexualité de leur enfant que comme une tare... Où est la tare ?

La mine brusquement réjouie de Goumi intrigue Selma. A son regard interrogateur, son ami susurre d'un ton suave :

– Hier soir, préoccupé par ton face-à-face avec ta mère, j'ai déambulé dans Béchar. J'y ai vu une, puis deux, puis trois et en fin de compte, plusieurs femmes, jeunes filles, flics. Cette dégaine ! Des basanées, la casquette vissée sur les sourcils, le pistolet sur la fesse… De quoi faire craquer les plus machos… Ou les castrer à vie. Le bleu de l'uniforme leur va aussi bien que le mythique habit touareg. Ne désespérons de rien. Même dans ton bled du bout du monde, quelque chose a changé !

Vous occupez ma place

Aéroport d'Oran. Pour une fois qu'elle s'apprête à embarquer à l'heure sur un vol d'Air Algérie ! Selma n'ose pas se réjouir trop vite. Tant que l'avion n'a pas décollé, le respect de l'exactitude reste à prouver. Selma ralentit le pas, se laisse devancer par la bousculade des passagers brandissant passeport et carte d'embarquement. Arrivée dans l'avion, elle vérifie derechef le numéro de son siège. C'est bien celui qui est occupé par cette jolie femme, la quarantaine, en pantalon et veste, les cheveux relevés. Le visage triste de l'inconnue s'éclaire à la vue de Selma : « Docteur Moufid ! » Après une seconde d'étonnement à ce cri du cœur, Selma murmure : « Bonjour, je crois que vous occupez ma place. – Oh, pardon, je n'ai plus ma tête. » La femme fouille dans son sac, en sort sa carte d'embarquement. L'hôtesse est là qui demande : « Montrez-moi... Vous avez le siège juste à côté, madame. » La femme se décale. Tandis que Selma s'installe, encore confuse, sa voisine lui dit : « Je vous connais parce que je suis infirmière à l'hôpital où vous exercez à Montpellier. Je suis si contente de faire ce voyage près de vous. » Sa voix, sa mine comme ses gestes fébriles alertent Selma. Elle lui sourit, constate que le troisième fauteuil à proximité demeure inoccupé.

A l'annonce du départ imminent de l'avion, la voisine se met à pianoter nerveusement sur son portable. Selma appelle Goumi, l'avertit que tout va pour le mieux. « A la bonne heure ! », souffle son ami qui attend encore dans l'enceinte de l'aérogare. Après un dernier au revoir, Selma éteint son portable.

Dès que l'avion décolle, sa voisine fond en larmes. Déconcertée, Selma se tourne vers elle. L'inconnue la fixe avec un regard intense : « J'avais si peur qu'il ne parte pas, qu'on me rattrape. A mon âge ! Vous ne pouvez pas vous douter de ma joie quand je vous ai vue. Je me suis dit que vous, vous ne me laisseriez pas tomber en cas de problème... »

Elle parle, elle parle, elle parle et elle pleure. Les mots se bousculent dans sa bouche, accompagnent le torrent de larmes. Fatiha a quarante-cinq ans. C'est son premier retour au pays natal après vingt-neuf années d'absence. Mais quel retour ! Encore une miraculée de la fugue. Les brutalités de sa mère, de ses frères, ont conduit Fatiha à fuir l'Algérie, adolescente. Planques, petits boulots et longue errance à travers l'Europe. Toute l'instabilité à laquelle acculent les grandes désespérances. Ce furieux besoin d'écarteler la peine, de lui faire perdre haleine. Avec cette façon barbare de tailler la route en n'empruntant jamais le même chemin, en allant de plus en plus loin jusqu'à la joie. Puis la rencontre d'un homme, un Français, et l'amour.

Fatiha s'est alors installée dans le Midi pour fuir les frimas du Nord et retrouver les lumières du Sud. Elle a repris des études, est devenue infirmière. Elle peint aussi.

Après trois décennies de silence, l'un des frères de Fatiha a fini par retrouver sa trace. Lettres-fleuves avant les interminables coups de téléphone. Les harcèlements et les chantages affectifs masqués en appels au secours. La mère et le père de Fatiha sont morts sans qu'elle les ait revus. Le frère qui tente de se raccrocher à elle est en grand désarroi. Il vient de divorcer. Il lui parle de ses nièces dont elle ignore l'existence. Il s'applique à solliciter la fibre maternelle de sa sœur. Avec un art consommé de la perversion, il appuie là où ça fait très mal. Fatiha porte une jalouse attention à ses fils, l'un de dix-sept ans, l'autre de neuf, qui grandissent sans rien savoir de tout ce dont elle s'est amputée pour survivre : une fille, sa « bâtarde », enlevée là-bas.

A l'inverse de Zahia, Fatiha est issue d'une famille de notables. Son père était maire de Tiaret.

La condition sociale ne change donc en rien le traitement réservé aux incartades des filles rebelles. « Les siens » n'ayant pu ni étouffer ni noyer le bébé à la naissance, Fatiha a accouché à l'hôpital, « ils » ont failli la tuer, elle. Elle montre à Selma une cicatrice à la main : « Un couteau... Je ne sais pas d'où m'était venue la force de tordre la main qui allait me poignarder. Je n'avais que seize ans. » Fatiha leur a échappé. Sa bâtarde, ils s'en sont débarrassés autrement. Une femme en mal d'enfant l'a emmenée hors de leur vue. Vers une autre contrée. Ils ont refusé de révéler à Fatiha l'identité de cette femme. Plusieurs années plus tard, ils continuent à se taire, lui ôtant toute illusion sur le dernier lien qui pouvait encore la rattacher à eux, l'espoir de retrouver sa fille. Elle a cherché l'oubli dans la famille, les amitiés qu'elle s'est constituées. Loin d'eux.

C'est cette faille que le frère entreprend de taillader.

A force de coups de téléphone, Fatiha se laisse ébranler. Alors toute la nostalgie, le remords dont elle avait essayé de se défaire reviennent l'assiéger. Fatiha finit par craquer. Elle renoue avec la perspective de retrouver cet autre enfant. L'autre partie d'elle-même. Elle voudrait tellement que ses fils aient une adolescence mieux armée, épanouie. Elle pense aussi à ces nièces qu'elle n'a jamais vues. Ne sont-elles pas dans la même situation qu'elle, trente ans auparavant ? C'est un impératif, désormais. Elle veut y aller.

Elle s'y prépare longtemps à l'avance. Elle bourre de grandes valises de cadeaux pour une famille dont elle ne connaît pas les trois quarts. Elle en a des palpitations tant l'émotion l'étreint. Elle ignore ce vers quoi elle va.

Le frère l'attend à l'aéroport d'Oran. Il la conduit vers Tiaret leur ville natale au sud-est d'Oran. C'est là qu'il vit. Chemin faisant, bouleversée de fouler de nouveau cette terre, Fatiha baisse totalement la garde. Elle se rit des petites attaques du frère qu'elle attribue à une maladresse empreinte de jalousie. Elle refuse de relever les signes avant-coureurs des mauvaises intentions. Elle se croit protégée par son âge, son statut d'épouse légitime, fût-ce d'un mécréant, et de mère de si grands garçons – ses neveux, à lui. Des vertus du temps… Elle ne compte plus ses avantages.

L'arrivée à destination marque l'escalade dans la machination du frère : le seuil à peine franchi, il séquestre Fatiha, lui confisque ses papiers d'identité, sa carte de crédit, son argent et son billet de retour. Il peut enfin s'autoriser à lui cracher au visage un sarcasme forgé depuis si longtemps à son intention : « Maintenant, c'est fini le cinéma ! » Fort heureusement, il ne va pas jusqu'à la fouiller. Elle a son portable dans une poche de sa veste. S'ensuit un pathétique conciliabule entre frère et sœur étrangers l'un à l'autre. Alcoolique et le verbe déjà pâteux, le frère ne cesse de lorgner Fatiha en ressassant qu'il lui faut une femme. Une vraie qui puisse prendre à cœur tous ses besoins. Le mot besoins, il le revendique avec une telle ostentation que l'équivoque n'est plus possible. Fatiha ne s'avoue pas vaincue, tente de l'amadouer par la ruse pour lui arracher des renseignements sur sa fille. De ses manœuvres conciliantes, le frère ne perçoit que le moment propice pour aller plus loin dans ses avances. Atterrée, Fatiha se barricade dans une chambre. De peur qu'il n'en fracasse la porte s'il l'entendait téléphoner, elle avertit par texto son mari à Montpellier et l'une de ses amies qui habite Oran, reste en contact avec eux. A travers les vapeurs de l'alcool, le frère hurle qu'elle n'a qu'à s'adresser à « Perdu de vue », l'émission de la télévision algérienne – calquée sur la française – si elle veut retrouver sa « bâtarde » ! Face à cet inébranlable black-out, un doute s'insinue en Fatiha : sa fille, ils ont dû la vendre. Peut-être à quelqu'un de passage dont ils ignorent tout. Qui aurait porté un soin particulier à garder l'anonymat. L'absence du moindre indice sur ce qu'est devenue sa fille achève de l'accabler.

Au bout de quelques heures, complètement ivre, le frère finit par s'endormir. Le verbiage spécieux fait place à des ronflements qui donnent le signal à

Fatiha restée aux aguets. Elle sort de sa tanière. Le frère dort sur le dos. Les deux pans de sa veste, ouverte, retombent sur le matelas de chaque côté du ventre. Subrepticement, Fatiha vient y récupérer ses papiers d'identité, sa carte de crédit et son billet d'avion. Les clefs de l'appartement du frère et son argent à elle doivent être dans les poches du pantalon. Fatiha ne peut pas prendre le risque de le réveiller. Il fait nuit noire mais l'amie d'Oran l'attend en voiture à trois pas de là. Fatiha s'empare de son sac à main, s'évade par la fenêtre pour la rejoindre. Elle a abandonné ses valises et tous ses effets personnels.

Ahurie, Selma écoute cette histoire qui démontre, une fois de plus, la férocité sordide d'une humanité schizophrène. Heureusement que quelques amitiés aident à résister. En larmes, Fatiha s'écrie : « C'est la deuxième fois que je quitte ce pays de dingues sans valise, meurtrie, dépouillée de tout. Je n'y remettrai plus jamais les pieds. Si vous saviez comme j'avais l'air suspect aux yeux des policiers de l'aéroport, sans bagage. J'ai bien cru qu'ils allaient me retenir, eux aussi... » Elle est trop en colère pour que Selma se permette de lui suggérer : « Vous éprouverez sans doute un jour le besoin de revenir avec vos fils et votre mari. »

Fatiha avait beau avoir avancé la date de son départ, elle n'en craignait pas moins les agissements du frère. Il était bien capable d'avoir soudoyé des policiers de l'aéroport pour acheter leur concours. Ou de s'être acquis les services de quelque autre malfrat qui serait venu l'y cueillir. En dehors de l'amie d'Oran, elle n'accordait plus aucune confiance à quiconque. Elle avait attendu le départ de l'avion « la trouille au ventre » jusqu'à ce que Selma lui apparaisse…

Interloquée, Selma plaque son visage contre le hublot. Loin en bas, la mer est d'un bleu plus pâle, dilué par l'altitude. La première phrase que Selma ait adressée à Fatiha lui revient en tête : « Vous occupez ma place. » Combien sont-elles à travers le monde à occuper une place qui n'est jamais la leur ? Ce lieu suspendu entre les continents des évadées. Cet exil adoré même lorsqu'il n'a rien de doré. Car loin du drame familial, l'énormité du chagrin laissé derrière soi ne semble avoir d'autre fin que la joie de chaque découverte. De chaque moment de solitude. Encore dans l'élan de l'arrachement, les fugueuses apprennent à la savourer. Moins pour atterrir que pour s'en griser comme d'un précipité des promesses de leur délivrance. Tous les élancements, les « membres fantômes » de ces amputées ne peuvent rien contre la conscience aiguë que la liberté est au bout de toutes leurs blessures.

Au fur et à mesure que Fatiha lui raconte son histoire, un parallèle s'établit dans l'esprit de Selma. Si elle n'a jamais souffert de la violence des frères, c'est qu'à partir de l'adolescence, elle s'était mise à gagner sa vie et la leur. Elle avait longtemps pensé qu'ils avaient été obligés de ravaler leur orgueil pour s'en accommoder. Pourvu qu'ils puissent, eux, continuer à dilapider leur temps à jouer les gros bras parmi les bandes de copains. Qu'une famille dépende du travail d'une femme, d'une jeune fille, était jusqu'alors inédit dans le village. Et mal perçu. Peu à peu, Selma avait dû se rendre à l'évidence : son argent leur était dû. Le travail d'une fille n'était, en somme, qu'une forme de prostitution des nouveaux temps hypocritement grimée en occupation respectable. Et en petits macs, les frères lui auraient bien assigné ce rôle à vie. Le père disparu, ses revenus devenaient la meilleure assurance pour le confort de la mère qui, elle, en vraie femme honorable, ne se risquait pas à mettre les pieds dehors. A défaut de gagner leur affection, Selma s'était acheté leur silence et sa tranquillité.

Ce n'est qu'au milieu des années de fac que Selma s'était décidée à leur couper les vivres : l'un après l'autre, ils avaient abandonné les études et flemmardaient auprès de la mère. Selma ne voyait plus pourquoi elle continuerait à s'échiner pour eux. Ils n'avaient qu'à se mettre au travail, eux aussi. Elle n'en pouvait plus de se priver. Elle persista à envoyer un peu d'argent à la mère. De temps en temps. Mais il n'était plus question de lui reverser systématiquement la totalité de son salaire comme auparavant. Le scandale produit par sa décision, personne n'eut le front de le rapporter à Selma.

La rencontre avec Fatiha vient, à point nommé, donner une autre illustration des guets-apens familiaux et raffermir les préventions de Selma. C'est, presque toujours, un enfant qui vaut un châtiment fatal ou sert d'appât aux pièges les plus machiavéliques. A écouter Fatiha, Selma se dit que les dérives familiales – comme tous les autres systèmes de répression – finissent par produire leur propre limite. Et l'accumulation des drames vire au loufoque. Secouée par les saccades d'un fou rire, Selma tente de se retenir de peur d'ajouter à la peine de Fatiha. Au spectacle de celle-ci gagnée par la contagion, Selma cède, s'y abandonne. Avec une légèreté reconquise, les deux femmes se racontent, à tour de rôle, des chroniques hilarantes sur les engrenages, les cupidités, les pudibonderies, les hypocrisies, les relations viciées... et, tout à coup, se taisent à l'ébauche d'une évocation émouvante.

Mais elles savent désormais combien elles se sont forgées contre les exactions de leurs mères. C'est à cette seconde délivrance qu'elles doivent d'être devenues les femmes qu'elles sont aujourd'hui. Paradoxalement, c'est le reste de la fratrie qui semble payer le prix le plus fort : une vie figée. Elles, elles ont échappé aux clans, aux communautés, aux crispations, à leur sclérose. Sans rien renier.

Fatiha se penche vers le hublot de Selma, regarde la côte française toute proche. La ferveur avec laquelle elle murmure : « C'est la France, mon pays ! », laisse supposer que le voyage en Algérie a servi de révélateur à son attachement à la France. A ses valeurs laïques et à ses lois égalitaires.

Fatiha se cale de nouveau dans son siège, ferme les paupières et murmure avec fermeté : « Je dois retourner en Algérie pour essayer de retrouver ma fille. Je n'irai pas les voir, eux. Je vais prendre un avocat et solliciter le concours d'autres gens, des connaissances. » Selma acquiesce. Si ses retrouvailles familiales ont été calamiteuses, ce retour sur elle-même est capital. Son va-et-vient entre la France et l'Algérie ne fait que commencer.

Le mari et les fils de Fatiha l'attendent à Marignane. Dans leurs bras, elle se remet à pleurer. Mais les grands éclats de rire sont encore là qui fouettent. Selma et elle s'échangent leur numéro de téléphone et se promettent de se revoir. Selma quitte l'aérogare la tête pleine du souvenir de sa séparation avec sa mère, ici, la seule fois qu'elle était venue lui rendre visite.

Le mistral vrille la plaine de la Crau et exacerbe la lumière. A l'abri de sa voiture, Selma s'essaie à déterminer sa vitesse à la force de ses ruades contre la carrosserie : « 100, 120 kilomètres par heure ? »

Réjouie par sa fureur et les mains soudées au volant, Selma tend les bras, s'étire, prend une grande inspiration et se promet : « L'hiver prochain, je retournerai au désert. J'y resterai plus de vingt-quatre heures. Je la ferai parler, la mère. »

Pas une goutte de son lait

En 1999, Selma avait brûlé d'envie de montrer à Laurent les Hauts Plateaux, le fief de sa grand-mère, de ses ancêtres nomades avant de retrouver son désert natal. Cependant, si ce dernier restait préservé des violences intégristes, comment Selma aurait-elle pu ignorer que les contrées à traverser pour y parvenir en étaient infestées ? Que leur couple « mixte », Laurent et elle, y aurait été exposé ? Mais même si elle ne méconnaissait rien de cela, le désir de s'y rendre n'en était que plus vif. Cette volonté participait d'une sorte de conjuration des assassinats qui ensanglantaient le pays depuis sept ans. Et l'irrépressible désir de parcourir la terre des origines évinçait le danger. Le besoin de retrouver les paysages qu'elle aimait en compensation des manques taraudait Selma. Elle avait tellement rêvé de traverser avec Laurent, en amoureuse, les Hauts Plateaux, leurs steppes d'alfa qui bruissent au moindre souffle d'air et en perpétuent l'onde à perte de vue. Les terres sont d'un rouge sombre, le pelage de l'alfa bleu-vert. Une lumière de cristal en cisèle l'épure. C'est l'aire des fulgurances des chevaux. La tête pleine des récits de cavalcades de sa grand-mère, Selma les imagine piaffant, le naseau dilaté par l'impatience de s'élancer à bride abattue. Et soudain le martèlement des sabots, le lâcher de galops, son sillage de poussière pourpre...

Les Hauts Plateaux ont toujours prodigué à Selma cette exaltation intense, ce sentiment de rejoindre les mânes de ses ancêtres nomades, des femmes et des hommes sans traces. Leur lumière particulière lui paraît tissée par la multitude des regards de tant de générations. Ces regards qui, avant elle, ont contemplé les mêmes horizons.

Au sortir des contreforts de l'Atlas, la longue, longue route, toute droite sur quatre cents kilomètres, semble se pendre au ciel. Les heures se distendent et s'épuisent avant de s'anéantir dans l'éternité du désert.

Ce n'est donc pas tant le refus de la mère de recevoir Selma avec son compagnon que les risques encourus qui les avaient conduits, Laurent et elle, à renoncer à ce voyage en Algérie. Se faire catapulter tous les deux, sans la transition des Hauts Plateaux, du rivage de la mer au cœur du désert par avion n'offrait aucun intérêt aux yeux de Selma.

En définitive, ils avaient opté pour le Maroc, moins dangereux. Incorrigible, Selma y avait entraîné Laurent jusqu'à Oujda, le bastion de la branche citadine de la famille. Celle de la mère. Selma n'y avait séjourné qu'une seule fois. Dans la prime enfance.

Une angoisse sourde la saisit soudain. Une concordance vient de s'établir dans son esprit. Ce premier voyage a eu lieu juste après « la mort » du bébé de Zahia. Le temps s'abolit dans la tête de Selma. Elle entreprend de fouiller sa mémoire. Elle se souvient que sa grand-mère paternelle s'apprêtait à se rendre à Oujda. Selma avait réclamé à cor et à cri de partir avec elle. Le refus de ses parents provoqua en elle un tel sentiment de péril que Selma explosa d'une colère sans précédent. Tous en furent sidérés : elle d'habitude si muette, leur donnait une nouvelle preuve de sa démence. Après ses vagabondages de nuit au cimetière ou ailleurs.

Voici que Selma retrouve soudain intacte sa propre panique de ce moment-là, la violence de leurs regards accrochés l'un à l'autre en un étrange duel, la mère et elle, et cette horrible sensation que Selma allait imploser si on l'empêchait de partir. Elle l'éprouve à nouveau de plein fouet cet effroi. Elle vient de comprendre qu'elle n'a cessé de signifier à son entourage qu'elle a vu. Tout vu. Qu'elle n'est pas dupe. Et cela, sans le savoir elle-même. Elle s'était enfuie dans le vent de sable elle qui, auparavant, se rencognait dans l'angle le plus protégé de la maison dès qu'il commençait à souffler. Dorénavant, dès qu'elle apercevait, au loin, ses tourbillons fantomatiques, Selma guettait son avancée en proie à une étrange fièvre. Elle observait, fascinée, la vitesse avec laquelle ses rafales suçaient le sable, s'emparant du ciel et de la terre. Et si celles-ci la contraignaient à fermer les yeux, leur transe lui insufflait une joie semblable à celle d'une fugue. Tout dans son comportement avait donc changé juste après qu'elle avait vu. C'est dire si les membres de sa famille et en premier chef, la mère, avaient quelques arguments pour la prétendre cinglée – peut-être même l'ont-ils profondément souhaité. Le besoin de s'exempter et de s'assurer que, quoi qu'il en coûte, leur « honneur » en sortirait intact, n'en était plus à une ignominie près.

N'ont-ils pas craint, un moment, qu'elle aille ébruiter auprès de la famille d'Oujda ce qu'ils ne cessaient d'œuvrer à dissimuler ? N'était-ce pas le propre mutisme de Selma sur ce sujet – qu'ils ne pouvaient rattacher qu'à une incompréhension de la situation inhérente à son jeune âge tant ils étaient loin de suspecter une censure de sa mémoire – qui parvint à lever le soupçon et à les tranquilliser ?

Selma restait aux aguets, sur la défensive jusqu'à sa montée dans le train avec sa grand-mère. C'est seulement quand celui-ci s'ébranla qu'elle s'apaisa et qu'elle se sentit à son aise. Elle s'inventa alors mille enchantements. C'était sa façon à elle de tromper l'angoisse.

Le voyage dans ce tortillard poussif et brinquebalant, entre le désert et le nord du Maroc, le passage de la frontière, Selma les revoit encore. Une féerie de rêve après le cauchemar. L'un des plus précieux moments de l'écrin du souvenir. Le bercement du train, les nomades, les citadins arabes, juifs ou pieds-noirs, le burlesque, le grotesque… Il n'est pas jusqu'à la brutalité des échanges, des situations qui ne contribue à la poésie de cet instant. Selma en retrouve toute la magie chaque fois qu'un train surgit dans un western sur un écran. Les militaires français dans la peau des cow-boys, les « indigènes » dans celle des Indiens et les mêmes paysages.

Les motivations et les séjours des deux voyages viennent, tout à coup, se superposer dans l'esprit de Selma. Dans le premier, c'est Selma qui fuit la mère. Dans le second, c'est la mère qui ne veut pas d'elle avec « son mécréant » face au tribunal des voisines, du village. Dans les deux cas, Selma se rend dans la maison natale de la mère et, instinctivement, tente d'approcher ce qu'a été son enfance à elle. Avec des sentiments contrastés. Des élans et des reculades. Tout le sel de la cruauté dont sont capables les êtres blessés.

Petite, c'est à Oujda que Selma avait fini par apprendre que la mère « n'avait pas de mère ». Elle avait longtemps tourné cette expression dans sa tête sans savoir qu'en faire. L'apparition de « la mère d'Oujda », celle de Zahia, de Halima, la femme du grand-père maternel, la tirait de sa perplexité. Pourquoi cette belle dame rousse, belle âme, n'était-elle pas sa vraie grand-mère ? Selma l'aimait bien. La fréquentation de cette femme radieuse la rassurait et la captivait. Elles s'étaient adoptées.

Selma se prend à rire en se remémorant l'image de cette longue femme, non pas emmitouflée dans un haïk mais le visage et le buste découverts, les deux pans du voile rejetés sur le dos et flottant derrière elle, en cape vaporeuse. Surgissant de la ville limitrophe de la ferme du grand-père, elle marche d'un pas léger, pieds nus, tandis que de superbes babouches trônent sur sa tête. Le grand-père, à l'évidence toujours très épris d'elle, agite sa canne dans sa direction et mime la colère en se retenant de pouffer : « Fille de chien, je t'ai acheté ces babouches pour que tu les chausses, pas pour qu'elles te coiffent ! » Elle crâne : « Sur ma tête, j'en prends le plus grand soin. De mes pieds aussi. C'est si bon de marcher pieds nus. » Elle a du chien à en revendre et le sait, elle qui se joue des mots du désir. Sa fille aînée, la tante Zahia, est d'une beauté plus ténébreuse. Selma se creuse la tête pour essayer de comprendre ce qui les distingue. D'où lui vient cette gloire triomphante de la quarantaine à la grand-mère d'Oujda ? Selma est bien jeune pour y discerner l'éclat de l'amour.

Un jour que Selma lui débite une tirade inspirée, cette grand-mère-là l'observe avec étonnement avant de s'exclamer : « Mais tu as déjà une langue de femme toi, le petit bout. Ces médisants qui prétendaient que tu allais bêler au lieu de parler ! » Elle s'arrête de pétrir son pain, lui raconte : sait-elle, Selma, que la mère n'a pas eu de montée de lait à sa naissance ? Qu'elle a failli mourir de faim, bébé ? Il faut dire que la famille du désert vivait une telle misère. Elle n'a été sauvée de la mort que par la charité de l'oncle Bellal. Ce généreux a acheté une chèvre aux parents de Selma pour qu'ils puissent l'alimenter. Et tout le monde se lamentait autour du nourrisson : « Cette petite finira par bêler au lieu de parler. » Selma bloque sa respiration à cette révélation. L'aurait-elle laissé mourir, la mère ? Pas une goutte de son lait ? Après réflexion, la particularité n'est pas pour lui déplaire. Car la mère n'a pas encore sevré un enfant qu'un autre naît lui disputant des seins gros comme des coussins et qui dégorgent. Maintenant la mère est obèse et sent le lait. Selma n'aime pas le lait et encore moins son odeur.

Devant la ferme du grand-père, Selma découvre les caroubiers que la mère n'évoque qu'avec nostalgie, leurs gousses qu'elle prisait. Selma mord dans l'une d'elles, en recrache aussitôt la pulpe, écœurante tant elle est farineuse et sucrée.

Lorsque, plusieurs décennies plus tard, Selma revient à Oujda, elle n'y connaît plus personne. Il ne persiste du corps du bâtiment de la ferme que trois pièces en enfilade. A la place des champs se dresse un quartier attenant à la ville. Les caroubiers sont toujours là. Mais ils ont été mutilés pour dégager les fenêtres des façades. Selma arrache une caroube au moignon d'une branche. Sa salive s'imprègne d'une fadeur de lait avant qu'elle ne la porte à sa bouche. Avec un rictus de dégoût, Selma dépose la gousse sur le tableau de bord de la voiture. Elle est restée là, comme une griffe calcinée, des mois après son retour en France.

Toutes ces femmes sont mortes hormis la mère : la grand-mère paternelle, une ou deux années après ce voyage. Celle d'Oujda bien plus longtemps après, suivie de ses deux filles.

Quand son père est mort, Selma allait entrer dans sa seizième année. Chaque fois qu'elle pense à lui, Selma est en proie à une tristesse lancinante. Depuis hier, son souvenir revient avec insistance. Dans une sorte de protestation inaudible. Comme s'il refusait de se laisser bannir. Il fait partie, lui aussi, de son histoire. Elle bredouille : « *Baba !* », papa, comme pour retenir son fantôme.

Il avait de l'allure, son père. Lorsqu'il émergeait de la mine, la gueule noire et les pupilles luisant comme de l'onyx, Selma en était impressionnée. Elle attendait patiemment qu'il se soit lavé pour l'approcher. Ses yeux charbonneux, dont le regard exprimait toute sa passion contenue, finissaient par lui sourire. Cela suffisait à Selma. Elle pouvait repartir vers ses déambulations solitaires.

Un jour, sentant la tension monter entre la mère et lui, Selma s'était cachée pour les observer. Son père gesticulait, vociférait. La mine renfrognée, la mère ne répondait pas. Au moment où, enfin, elle grommela trois mots, le père s'empara d'une bouilloire et l'en frappa. Avant qu'il ne lui portât le second coup, Selma s'était interposée, le regard vrillé sur le père. Elle n'avait guère plus de six ou sept ans. Et lui, tremblant de rage, avait tout d'une force brute de la nature. Sans le lâcher des yeux, Selma était demeurée ferme, n'avait pas reculé d'un pas. Le père avait mis du temps à se maîtriser puis s'était détourné pour quitter les lieux.

En pleurant, la mère avait revêtu son haïk, était sortie de la maison puis du ksar. Selma l'avait suivie dans le désert. Loin des regards, la mère s'était effondrée. En sanglotant de plus belle, elle déplorait de n'avoir jamais personne pour la défendre. Mais elle n'était pas capable de se défendre par elle-même, la mère, se disait Selma. Elle se laissait faire. Était-ce par lâcheté ? Était-ce l'emprise de cette soumission millénaire ? Selma n'oubliera pas le chagrin mêlé d'indignation qui l'avait figée à quelques dizaines de mètres d'elle. Lorsque la mère, les yeux enfin secs, s'était levée pour regagner le ksar, Selma l'avait devancée, s'était assurée qu'elle avait bien franchi le seuil de la maison, avant de s'en évader de nouveau.

Si elle avait à maintes reprises décelé des dissensions, des orages qui couvaient, Selma n'avait plus jamais vu son père porter la main sur la mère. Du moins en sa présence. Mais elle n'était pas souvent là. Son adoration pour son père, Selma la lui vouait de loin, en restant sur ses gardes. Il l'aimait beaucoup lui aussi. De cet amour bridé par les convenances et la dureté de leur vie.

C'est à sa puberté que le regard du père sur elle avait changé. Il s'était mis à la toiser avec l'arrogance que, jusqu'alors, il avait réservé à la mère. Parfois, avec une suspicion manifeste. Selma se préparait à lui livrer bataille, certaine qu'il projetait de la marier. La mort était venue le frapper à ce moment. Qu'un tel malheur ait apporté à Selma la certitude que plus personne ne pourrait tenter de l'arracher à ses études pour la marier ni l'obliger à rester ici, n'était pas la moindre des contradictions auxquelles elle était confrontée. Mais le chagrin était bien trop grand pour que cette conviction puisse se muer en soulagement.

L'année suivante, Selma devenait maîtresse d'internat dans son lycée. Aucune fille de Béchar n'avait jamais occupé ce poste. Elle s'était trouvée, par là même, promue soutien de famille... Alors elle avait soutenu en se dispensant de rentrer « chez la mère. »

Si la mort du père avait aggravé le climat d'incompréhension entre elle et la mère, la découverte de son autonomie financière était venue légitimer toutes les distances prises par Selma. Elle s'était souvent demandée si la mère regrettait son homme. Au souvenir du regard méprisant avec lequel, souvent, le père la jaugeait, il lui était permis d'en douter. Le cœur de Selma se serrait à la conviction que, obscurément, la mère avait reporté sur elle cette crainte engendrée par la dépendance et ses humiliations. Selma avait remplacé le père aux cordons de la bourse familiale. Et cela avait contribué à tisser cette étrange relation entre ces deux femmes. Relation âpre, sans la moindre tendresse.

Le désert détourné

Selma sursaute à la première sonnerie du téléphone. Le réveil indique six heures du matin. Elle ne travaille pas aujourd'hui et s'était promis une grasse matinée. C'est la voix de son oncle et, tout à coup, elle prend peur : « Selma, bonjour... Ta mère, son cœur a lâché. Elle est morte cette nuit, paix à son âme. On l'enterre en fin de matinée. Mes condoléances... »

Selma reçoit ces paroles seule dans le noir de sa chambre. En raccrochant, elle allume la lampe de chevet, reste longtemps assise dans son lit. La tête vide. Longtemps. Le temps se creuse soudain.

En trente ans de vie en France, c'est le deuxième coup de téléphone du désert. Le premier remonte à un peu plus de trois semaines. Au lendemain de Noël. La même voix compassée de l'oncle. Il s'agissait déjà de la mère. Elle venait d'avoir un accident vasculaire cérébral, une hémiplégie dont elle avait récupéré dans la journée. Au téléphone, le médecin de l'hôpital de Béchar avait déclaré à Selma : « Elle ne garde pas de séquelles. Mais son cœur est foutu. » Comme la mère se remettait, Selma avait décidé de différer son voyage. Les oncles, les cousins, les neveux, de toute part la smala avait rappliqué au désert. Selma avait projeté de se rendre à Aïn Eddar fin janvier, quand les autres auraient débarrassé les lieux. Elle aurait tellement aimé pouvoir discuter avec la mère, estimant que cette alerte de santé allait, peut-être, enfin libérer sa parole. Elle voulait essayer de la convaincre de revenir à Montpellier pour un bilan cardiaque qui lui aurait permis d'adapter son traitement. Mais il était hors de question que Selma endure, une fois de plus, les boniments, l'avidité des yeux collés sur elle – de vraies sangsues. Désormais aucune excuse ne pouvait la soustraire à l'ultime convocation de la mère.

Il allait falloir penser à annuler la commande de médicaments auprès de la pharmacienne. Elle envisageait d'emporter six mois de traitement. Dans le désert, les pénuries touchent à l'essentiel. « Quel jour est-on ? », se demande Selma, hébétée. Le lundi 17 janvier 2005. Cette habitude d'enterrer les morts le jour même !

Selma se lève, prépare du café, le boit debout, tente de réserver une place d'avion pour Oran. Elle agit en automate. Tous les vols de la semaine sont complets : « Madame, c'est l'Aïd ! » gronde l'employée d'Air Algérie hors d'elle. Comment peut-on se réveiller le jour de l'Aïd avec la lubie de partir pour l'Algérie dans les heures qui suivent ? N'est-ce pas tout méconnaître du besoin de reflux des familles vers le pays qu'elles ont préparé des mois à l'avance ? Dans le ton de la femme Selma décèle le blâme. L'acrimonie échue aux immigrées jugées d'emblée dévoyées. Selma ne songe même pas à lui opposer cette protestation : « Madame, ma mère vient de mourir ! »

Quoi qu'il en soit, l'enterrement aura lieu ce matin. Et si Selma ne peut pas y être, il lui est impossible de rester là. Il faut qu'elle parte. Absolument. Partir est une pulsion qui monte, un élan d'impatience absolue qui emporte, trompe la mélancolie comme la culpabilité et finit par les effacer. Selma en a l'habitude. Cela n'a rien de l'errance perpétuelle des exilés entre deux pays. Ceux-là, ils se détachent d'un dernier ancrage resté précaire. Ce n'est pas son cas.

Selma regarde sa montre : huit heures vingt. Goumi est levé. Il dit : « Prépare ta valise. L'avion, je m'en occupe. C'est plus facile ici, à Oran. Pour Béchar aussi. »

Soulagée, Selma met un moment à se rendre compte des larmes qui baignent son visage. Sans bruit. Un trop-plein qui lentement déborde et se répand. Combien de fois Selma avait-elle beuglé : « Je ne verserai pas une larme le jour où elle crèvera » ? Pas seulement lorsque la mère avait refusé de la recevoir avec le *roumi*. Pas seulement lorsqu'elle lui avait réclamé, comme un dû, des sommes colossales pour marier ses filles sans se soucier un instant de ce qu'il advenait d'elle. Mais Selma n'en est plus à une contradiction près. Les larmes s'écoulent toutes seules et l'inondent. Selma ignorait qu'elles pouvaient ruisseler ainsi, paisibles et douces. Elles sourdent en silence et recouvrent la honte comme la révolte. L'annonce de cette mort libère une peine trop longtemps réprimée parce que infamante. Avec des gestes lents, Selma dépose, plus qu'elle ne range, des vêtements dans la valise ouverte sur son lit. Et c'est un peu de l'innocence usurpée de l'enfance qui revient dans cet effondrement intérieur.

L'ami Goumi encore à l'autre bout du fil : « Tu as un billet à ton nom au guichet d'Air Algérie à Marignane. Il faut que tu y sois à onze heures trente, au plus tard. Demande Untel. Pour Béchar, il y a un vrai problème. Les avions du désert sont détournés vers La Mecque. Pèlerinage oblige. Nous verrons ça à ton arrivée. »

Selma ne demande pas par quel miracle il a pu, lui, obtenir un billet d'avion le jour de l'Aïd. Elle sait les mystères « d'Air Inchallah » insondables. Les réalités religieuses se réajustent dans son esprit avec les faits du moment. l'Aïd El-Kébir, les moutons sacrifiés, La Mecque… La pensée de Selma demeure hachée, lacunaire. Elle dit : « Le désert détourné… La mère voulait tant aller à La Mecque. Elle est morte le jour du sacrifice. Aurais-je pu la sauver si j'y étais allée plus tôt ? » Rien n'est moins sûr. Là-bas, elle n'aurait pas pu recourir à toute la technologie dont elle dispose ici. A Oran, peut-être. Mais Aïn Eddar est à huit cents kilomètres au sud d'Oran. « Ai-je précipité sa mort en lui parlant de son crime ? » Selma hausse les épaules et se répond : « Ce serait t'attribuer une importance qu'elle ne t'a jamais accordée. Que de toute façon tu aurais fuie. Épargne-toi au moins ta propre hypocrisie ! » Elle boucle sa valise, avertit ses collègues, téléphone à la pharmacie pour décommander les médicaments avant de prendre la route pour Marignane.

Les besoins de La Mecque ont réduit les deux vols hebdomadaires entre Oran et Béchar à un seul, le jeudi. Du temps où Selma était étudiante, il y avait un vol quotidien. C'est dire si des régions immenses et pauvres, immensément pauvres, se trouvent condamnées par un État centralisateur. Selma décline fermement la proposition de Goumi de la conduire en voiture. Il travaille après-demain et rouler huit cents kilomètres à l'aller comme au retour en deux jours serait trop éreintant. Avant de quitter l'aéroport, elle prend un aller simple pour Béchar. Elle verra sur place comment en revenir. Elle apprécie de pouvoir passer quarante-huit heures avec son ami. Arriver trop tard ne signifie rien pour Selma ou alors tellement qu'elle se refuse à la mise en abyme de l'expression. Une fois partie, elle se permet des crises de lenteur et s'évade dans des rêveries. C'est tout elle.

De toute façon, la mère n'est plus. Cette fois, c'est elle qui s'est enfuie pour toujours.

Sur la route entre l'aéroport et Oran, Goumi apprend à Selma que Rachid et Zineb, un couple de leurs amis, sont chez lui. Eux, ils se sont rendus à La Mecque il y a un mois. Hors du grand raoût de l'Aïd. Un luxe que seuls quelques privilégiés peuvent se permettre. Depuis, leur maison à Sig est le siège d'un défilé incessant de gens venant les féliciter. Rachid et Zineb ont craqué à la perspective d'un afflux accru lors de l'Aïd. Aussi sont-ils venus se réfugier auprès de Goumi. L'idée de passer la fête avec ce réfractaire qui a toutes les raisons d'éviter l'inquisition des grandes réunions familiales n'est pas étrangère à cette décision. Celle de pouvoir s'autoriser quelques entorses au rituel de l'après-pèlerinage, non plus. Et tant qu'à se retrouver sans leur fils et leur fille, partis étudier en Angleterre, autant faire bombance entre copains. Comme au bon vieux temps de la fac. « Sauf qu'à la fac, Rachid et Zineb étaient de joyeux drilles pas des faux dévots, et l'Aïd le cadet de nos soucis », persifle Selma, sidérée que ces deux-là soient allés à La Mecque.

Les odeurs du jour de l'Aïd accueillent Selma dès que s'ouvre la porte de Goumi. Depuis combien d'années Selma n'a-t-elle pas senti ce mélange à nul autre pareil ? « Depuis la mère. » Depuis la mère, oui. Enfant, Selma se sauvait pour ne pas assister au sacrifice du mouton et à l'effervescence des préparations de toutes sortes qui saturaient l'atmosphère jusqu'à la rendre irrespirable.

La narine frémissante, Selma s'avance, distingue une à une les différentes exhalaisons : relents de sang. Ceux nauséabonds des tripes et boyaux qu'on vient de nettoyer. Persistance des émanations du suint de laine cramée – la braise du *canoun* rougeoie encore sur laquelle ont grillé la tête et les pieds du mouton. – S'y ajoute l'arôme de leur cuisson dans une sauce tomate relevée au cumin avec des pois chiches, évidemment. Effluves de *melfoufe*, brochettes de foie enrobées de crépine. Fumet du tajine mêlant cannelle, carvi, gingembre et coriandre… Certes, il arrive souvent à Selma de se concocter les plats les plus élaborés. Jamais tout cela en même temps. La vision de la bête tuée à domicile réveille cet instinct carnassier insatiable. Les impératifs de conservation, avancés auparavant, n'étaient qu'un prétexte. L'avènement des réfrigérateurs n'y a rien changé. Si le sacrifice du jour de l'Aïd est lié à Abraham, cette frénésie de consommation simultanée de toutes les parties du

129

corps de la bête dérive certainement de quelque rite païen. Après avoir fouillé les remugles des entrailles, des mains expertes s'attellent à leur métamorphose en mets des plus sophistiqués.

Ces crampes à l'estomac sont-elles dues aux torsions de la faim ? Selma n'a rien avalé avec son café ce matin. Sont-elles liées au souvenir des jours de l'Aïd de la mère ? Au tribunal de ce flagrant délire, Selma doit s'avouer qu'il s'agit d'une conjonction des deux.

Accolades avec Zineb et Rachid qui se perdent en condoléances et marques d'amitié. Zineb se confond en excuses : « Lorsque tu as téléphoné à Goumi, l'homme à qui nous avions demandé de venir tuer le mouton l'avait déjà fait. Nous nous étions levés très tôt pour avoir le temps de tout préparer dans la matinée. Alors nous nous sommes dit... » Goumi lui coupe la parole : « Laisse tomber. Combien de fois vous ai-je répété à tous les deux que ce serait plutôt un réconfort pour Selma de goûter à des plats qu'elle a rarement l'occasion de manger ? » D'un sourire Selma acquiesce et les rassure.

L'expression navrée de Rachid disparaît comme par enchantement. L'œil guilleret, il enlace Selma et désigne le gros boyau farci de gras-double, de riz et d'herbes qu'on va mettre à cuire : « C'est moi qui ai préparé le *osbane*. » Il porte un tablier noué autour des reins. Plus tard, en débouchant une bouteille de Mascara et sans se départir de son air farceur, Rachid ajoute : « La Mecque pour la foi et le Mascara pour mon foie. J'espère que je n'aurai pas à attendre d'avoir une cirrhose pour boire du vin chez moi, un jour d'Aïd. Sans la condamnation générale. Maintenant que nous voilà devenus *hadjs** nous sommes obligés de venir nous planquer chez Goumi pour boire un coup. Tu parles d'une bénédiction ! »

En quittant ce matin sa maison, Selma était loin de s'imaginer que le jour du décès de la mère allait être l'occasion de son premier Aïd depuis longtemps. Une sorte de pèlerinage dans les saveurs de l'enfance. Ses saveurs à elle qui est morte dans la nuit, déjà en terre à l'heure qu'il est. Soudain le hasard paraît à Selma un fieffé farceur qui persiste à se divertir à ses dépens. Elle avait failli s'en faire la remarque à l'annonce de l'hémiplégie de la mère. Au parallèle qu'elle avait établi entre l'accident vasculaire cérébral des gens d'un certain âge, qui en gardent, parfois, de graves séquelles, une paralysie et la formule qu'elle avait inventée pour désigner l'amnésie de l'enfance : « Un accident vital de mémoire. » Mais zapper est une seconde nature chez elle. A peine cette suggestion l'avait-elle effleurée, que sa pensée était ailleurs. Elle ne voulait surtout pas prolonger les monologues

* Ceux qui ont effectué le pèlerinage à La Mecque.

auxquels l'avaient acculée les silences de la mère. Ces longs monologues le soir dans le noir.

La hantise des souvenirs n'est-elle pas ce qu'elle a voulu fuir, dès l'enfance ?

En fin d'après-midi, les quatre amis s'apprêtent à sortir. Ahurie, Selma voit Zineb nouer avec élégance un foulard autour de sa tête. Interceptant son regard, Zineb porte les deux mains à ses oreilles et bafouille : « Je crois que j'ai un début d'otite... – Ah oui, et tant qu'à faire des deux côtés ?! » La réplique cinglante de Selma provoque l'hilarité des deux hommes. Vexée, Zineb les plante là et fonce vers la voiture. Après un moment de silence dans le véhicule, Zineb se détend. Elle explique à son amie : le foulard, c'est juste pour quelque temps. Un dû au respect de son pèlerinage. Une marque de considération des usages collectifs surtout. Un signe de communion en somme. Elle ne renie en rien les libertés conquises de haute lutte pendant les années d'université. Elle aurait même pu mourir pour ces convictions quand le seul fait de traverser la rue, tête et jambes nues, c'était se proclamer de ce camp-là. Zineb a cette voix sensuelle que Selma lui a toujours connue et qui confère une note fervente à sa plaidoirie. Elle dit son épouvante durant la décennie sanglante que l'Algérie a traversée. Cette peur innommable que l'homme qu'elle vient de croiser – ou celui qui marche derrière elle et dont elle ignore le visage – ne lui plante un couteau dans la gorge. Un jour que sa fille tardait à rentrer, Zineb s'était précipitée au lycée et l'avait trouvé portes closes. Affolée, elle avait téléphoné aux amies de sa fille. Les adolescentes s'étaient séparées en cours de route. Elles avaient appris à ne plus traîner. Quelle terreur ! C'est là que Zineb s'était surprise à prier Allah. Lorsque sa fille lui était enfin apparue, dans le soupir d'apaisement, elle s'était juré... Le sacré est un enjeu si capital qu'il ne peut être abandonné aux seuls obscurantistes. Durant ces années de suspicion généralisée, de déchirures profondes dans le tissu social et jusqu'au sein d'une même famille souvent, les rituels de la foi se sont imposés à Zineb : « Il fallait que je me sente appartenir à ce peuple-là. Que je le ressente très fort. Sinon, j'aurais foutu le camp pour ne plus subir cette peur au ventre. » Consciente que sa voix s'est mise à trembler, Zineb se tait. Rachid la serre dans ses bras. Selma ne doute pas que l'amour que ces deux-là se portent, depuis les bancs de la fac, est la force qui leur a permis de résister aux ravages de ce pays. Et puis cette coiffe vaporeuse, savamment nouée sur le front, ne lui va pas mal. Elle met en valeur le bel ovale du visage, la ligne du cou de Zineb. Rien à voir avec la laideur de l'uniforme intégriste.

Mais que le sentiment d'appartenance ne puisse, là encore, se doter de légitimité que par le biais de la religion est, sans conteste, le signe de l'échec de leur génération et du recul de ce pays.

Mal de mère

Il y a l'oncle Jason, sa femme, leurs filles, les cousines de la mère, les sœurs… Une grande partie de la tribu entoure Selma au cimetière. Des enfants du village ont accouru en quête d'offrandes. On leur donne des oranges achetées en chemin – la mère « adorait les oranges » – et quelques pièces de monnaie. Un gros billet attend le gardien qui guette son tour à distance encore respectueuse. Mais à force de tracer des demi-cercles concentriques entre les tombes, il se rapproche peu à peu.

Selma aime ce cimetière lové au pied de la dune. Dès les derniers renflements cuivrés des sables, la terre commence à tisser des nuances de violine et d'ocre, les plisse en tumulus. Les pierres tombales, brunes ou cramoisies, sont celles extraites en creusant les sépultures. Aucune trace de ciment ou de béton ne vient briser l'harmonie des couleurs.

Petite, Selma chérissait la paix de ce lieu. Les assauts de l'angoisse, c'est parmi les vivants qu'elle en souffrait. Alors elle fuyait le bourdonnement incessant de la maison, la ruche du ksar et se sauvait vers les bleus jardins de l'oued puis grimpait au sommet de la dune ou, parfois, venait rêver et jouer parmi les morts. Là où l'étreinte de la dune et de la terre avait pour empreinte les galbes rutilants des sables et le moutonnement sombre des tombes tel un frisson figé pour l'éternité.

Selma s'accroupit devant la tombe de la mère, enfonce les doigts dans sa terre et murmure : « Maman, je suis venue. Je suis là. » Ces paroles lui laissent un goût de sable dans la bouche. Le goût de la dérision et du désespoir, des prétentions de la solitude, de l'arrogance de la bonne conscience et autres vanités. Les mains dans la terre de la tombe, Selma reste un long moment silencieuse et triste. Triste comme jamais elle ne l'a été.

En quittant le cimetière, Selma émet le désir de faire un tour dans le village avant de rentrer. Un détour pour épuiser la douleur et la charge du pathétique afin de pouvoir affronter les vagues de condoléances des voisines, des amis de la famille. La plus jeune de ses sœurs ne cesse de pleurer. Elle, elle n'a quitté sa mère que six mois en trente-cinq ans. Le temps d'un mariage éphémère. Le temps de tomber enceinte et de perdre son boulot de secrétaire. Son mari ne voulait pas qu'elle travaille. Elle est retournée chez sa mère au milieu de cette grossesse et n'a plus rien fait d'autre de sa vie. Reniflant et hoquetant, elle demande à accompagner Selma. Tout le monde approuve, espérant que la présence de l'aînée parviendra à apaiser son chagrin.

C'est contagieux le chagrin. Selma marche vite afin de se débarrasser de tout ce pathos. Sa sœur cesse de se moucher. La vive allure de Selma exige de la cadette un effort auquel son quotidien cloîtré et son surpoids ne sont pas accoutumés. Chemin faisant, elles croisent un ami de leur père. Après les mots d'usage, l'homme pointe la cadette avec cette injonction à l'adresse de Selma : « Celle-là, emmène-la avec toi. Ne la laisse pas ici. » Celle-là est mère d'une fille de douze ans. Une jolie jeune fille en qui la famille dans son entier s'accorde à reconnaître un clone de sa tante Selma : « secrète, fugueuse, brillante et déterminée. Elle ira loin. » L'adolescente a grandi sans son père et refuse de le voir. Elle, c'est le père... Pourquoi Selma s'encombrerait-elle de cette sœur ? Pourquoi pas l'autre qui vit dans la famille aussi et dont : « le fils ressemble en tous points aux cousins, mignon à vous chaparder le cœur, mais vaurien » ? Ou l'un des frères nécessiteux ? Ce qui ne les a pas empêchés d'engendrer quatre gosses chacun. Ils ne sont pas moins de sept. Et leurs testicules ne contiennent pas encore le sperme d'où germera leur dernière progéniture. La *mamma* les avait gardés unis dans une même immaturité. Elle disparue, les voilà tels de pauvres hères en quête d'une mère de substitution.

Lucide, Selma observe chacun de ses frères et sœurs qui avancent vers elle un rejeton en se lançant des regards hostiles. Ils sont en compétition. Elle est au centre de leurs stratégies, d'un cercle de machinations laissé vacant par la disparition de la mère. Les enfants sont, certes, touchants. Et comment peut-elle se défendre de l'idée d'aider tel ou telle ? Mais ils vivent tous ensemble ou juste à proximité et leur nombre et leur irresponsabilité sont rédhibitoires.

L'expression de Goumi, à propos de sa relation à la fratrie, lui revient en tête : « Vous n'avez pas eu la même mère. » Morte, la mère n'en demeure pas moins là, entre eux. Pas la même. Elle a façonné le regard que les autres portent sur Selma. Et le rapport de l'aînée à cette contrée. Elle a transformé son enfance en une longue fugue. Elle a forgé son refus de l'enfantement.

Elle n'a jamais eu de mère et elle ne sera jamais mère.

Soudain Selma comprend où la mènent ses pas. L'ancien mellah, la maison d'Emna. Emna francisée en Emma. Un souvenir envahit Selma. Il est fait d'odeurs et de chants. Il lui revient de très loin. De sa prime enfance buissonnière. Les déambulations de la fillette longeaient les premiers ourlets de la dune jusqu'à Aïn Ettaïr la bien-nommée « Source de l'oiseau », une oasis à deux kilomètres de la sienne. Une fin de matinée, passant des confins du ksar à ceux du mellah mitoyen, Selma avait été captivée par un chant. D'abord figée par la puissance de l'incantation, l'enfant avait été ensuite attirée vers le lieu d'où provenait la voix. C'était celle d'une femme. Elle montait d'une maison ouverte sur les galbes hiératiques de la dune. Et tout à coup, la splendeur des mamelons vieil or des sables ne semblait avoir d'autre existence que celle d'un théâtre dédié à ce récital andalou.

Parvenue à sa porte, Selma avait découvert la cantatrice. La perfection de son visage n'avait d'égale que sa voix. Son corps plantureux incarnait à merveille les modulations et le lyrisme de la mélodie. Noué en bandeau sur le front, un foulard indigo tenait enroulée la lourde masse des cheveux qui retombait en casque d'ébène sur la nuque et la naissance des épaules. Elle était assise dans la cour devant un *canoun* incandescent. Lorsque la femme avait aperçu Selma, un sourire s'était esquissé sur ses lèvres sans suspendre son chant, sans la soustraire à son ivresse. Restés attachés à ceux de la fillette, ses yeux lui communiquaient des émotions dont la complexité et la teneur échappaient encore à Selma. Mais qui allaient la marquer de façon indélébile. La femme ne s'était arrêtée de chanter que lorsqu'elle s'était saisi d'un torchon pour retirer une tourte du *canoun*. Elle l'avait rompue en quatre avant de la poser sur le plat qui attendait à proximité du brasero. Le sourire épanoui par la satisfaction, elle avait alors hélé Selma : « Serais-tu la petite fugueuse ? » Selma avait acquiescé d'un signe de la tête. « Tu fais jaser tout le monde. Mais toi, tu gardes le silence. Viens ! »

Selma s'était exécutée. Habituellement elle tournait le dos et s'en allait d'où que vienne l'interpellation. La femme lui avait tendu un quart fumant de la tourte. De l'autre main, elle avait tapoté la terre battue de la cour invitant l'enfant à s'asseoir à côté d'elle et l'avait avertie : « Attention, c'est brûlant. »

Chacune avait soufflé sur sa portion avant de la mordiller avec précaution. Selma avait-elle jamais goûté pareil délice ? Elle avait eu l'impression d'ingérer un peu de la volupté de la voix de l'inconnue, de son chant. Quelque chose d'indicible venait de transfigurer cette fillette obstinément secrète.

Emna n'avait pas d'enfant. Ensorceleuse et disponible, elle avait apprivoisé la petite fugueuse. Ou peut-être était-ce l'inverse. N'était-ce pas souvent la femme qui fermait sa maison, abandonnait le ksar et le mellah aux anxiétés de la guerre pour suivre les pérégrinations d'une fillette indomptée parce que aucune peur ne pouvait plus l'atteindre ? « Je vais prendre avec moi un bon goûter », disait Emna. Le petit Ali les regardait passer au loin, les yeux agrandis par la frustration.

Quand le village s'était vidé des pieds-noirs et des Juifs, avant qu'elle ne parte, elle aussi, un jour de ce printemps 1962, Emna avait serré Selma dans ses bras : « Toi et moi, on ne pleure pas. » Elle avait des larmes plein les yeux.

Où est-elle maintenant ?

Selma s'arrête. La maison d'Emna est là. Le vieux chant andalou monte du théâtre de la dune, remplit Selma – « Quand serons-nous soulagés du manque des amours » – et de la saveur jamais retrouvée du *m'khalaâ* d'Emna.

Il faudra que Selma demande à Zineb de lui faire sécher de la viande. Faute d'en trouver, Selma n'a plus mangé de *m'khalaâ*. Pourtant, elle n'a rien oublié des gestes d'Emna : la chair d'agneau saupoudrée de gros sel et de graines de coriandre d'abord mise à sécher puis cuite dans sa graisse, à feu doux. Ainsi confite, elle s'accommode de mille manières et se conserve longtemps. Le *m'khalaâ* d'Emna et des femmes du désert requiert des petits oignons frais et quelques pointes de piment vert fondus dans une sauce tomate et assaisonnés de cumin. Après réduction, on y ajoute un hachis de viande séchée. La farce onctueuse est ensuite fourrée dans une pâte semblable à celle de la pizza. La tourte est cuite au *canoun*.

Avec un pincement au cœur, Selma regarde la porte fermée qui n'est plus celle d'Emna. Qu'importe. Le souvenir des repaires sauvages de l'enfance mêlera toujours l'odeur du sable chaud au goût du *m'khalaâ* d'Emna et à l'ampleur de son chant : « Quand serons-nous soulagés du manque des amours ? »

Les légendaires solidarité et générosité des gens du désert, Selma peut encore en vérifier la véracité. Lorsqu'un décès survient dans une famille, ce sont les voisins qui se chargent de la préparation des repas collectifs pendant sept jours. Il est vrai que la réception de tous les visiteurs venant aux condoléances, les chapelets de sanglots sans cesse réégrenés occupent à plein temps. Ce n'est qu'après cette première semaine que la famille concernée prend le relais aux cuisines. Le deuil est ici la plus intense occasion de partage. Tous se mobilisent pour la prolonger le plus longtemps. A l'évidence, les mariages ne sont qu'une variante du deuil.

Après le dîner, la pièce des invités se transforme en salle de consultation. Cousines et tantes attendent Selma de pied ferme – cette fois-ci, elle n'a aucun moyen de leur échapper – avec leurs analyses, radios, électrocardiogrammes... Ou seulement avec des angoisses, des somatisations tellement rabâchées qu'elles s'expriment par un langage burlesque et déclenchent le fou rire général. Ni l'hilarité ambiante qui s'achève en sanglots ni les autres modes de défoulement ne ménagent Selma :

deux des plus jeunes femmes ont des problèmes cardiaques dont elles semblent ignorer la gravité. Elles ont moins de trente ans et leurs dernières visites chez un médecin remontent à dix ans. Les angines mal soignées durant l'enfance engendrent de graves pathologies cardiaques. Ceux qui en sont atteints n'ont pas le temps de vieillir.

Cette fois Selma ne dort pas seule sur l'une des banquettes de la pièce des invités. Les autres sont occupées aussi. Allongées par terre sur un tapis recouvert de matelas placés bord à bord, une brochette de femmes chuchotent jusque tard dans la nuit. Est-ce la disparition de la mère qui libère le non-dit ? Est-ce qu'à la faveur de l'obscurité elles osent enfin les révélations que les yeux secs de Selma ont découragées en pleine lumière ? Est-ce la promiscuité des corps, leur abandon à l'approche du sommeil qui favorisent les confidences ? Est-ce leur aptitude de mère au propos secourable, leur inclination à toujours tenter de dénouer l'inextricable ou, à défaut, une façon de s'en accommoder qui les pousse ainsi vers Selma ? L'une après l'autre, elles se relaient pour la renseigner et lui rapporter des paroles lénifiantes : « Si tu savais comme ta mère était fière de toi ! », « Elle était si convaincue que même si tu avais habité Mars, ton soutien lui serait resté infaillible. » – Selma garde pour elle-même la réflexion qu'en effet elle a toujours été une

Martienne pour la mère. – « La semaine dernière, elle m'a dit : "Prête-moi de quoi réparer le climatiseur. Ma fille vient dans quinze jours. Je te rembourserai à ce moment. Et l'année prochaine à cette même date, ma fille me paiera le pèlerinage à La Mecque." « Tiens-toi bien, à moi, elle m'a déclaré : "Je vais devenir une fugueuse, moi aussi. Après La Mecque, je retournerais bien chez ma fille, en France. Ma fille, elle, elle est médecin. Elle ne fait que travailler, lire et se promener. Il ne faut surtout pas lui demander 'pourquoi tu n'as pas fait d'enfant ?' Lui parler des enfants sans en être vraiment responsable, ça, elle ne veut pas. Elle ne peut pas… Mes autres fils et filles n'ont qu'à élever eux-mêmes leurs enfants. Maintenant, je fatigue. J'ai besoin d'air, moi aussi." » Une cousine de la mère apostrophe Selma : « Elle est morte du cœur… Mourir du cœur alors que toi, sa fille, tu es cardiologue en France ! » A cette remarque, Selma répète avec hébétude : « Morte du cœur, oui » avant de se reprendre et de riposter sur le ton de la plaisanterie : « Elle l'a fait exprès de mourir du cœur ! » Dans les rires, des reniflements témoignent de la peine.

Ici, c'est le fantôme de la mère qui va, longtemps, soutenir les vivants.

Pour le retour vers Oran, Selma n'a d'autre choix que le car. Elle ne supporterait pas les désagréments des taxis multiplaces. Il n'y a pas de voiture de location. Du reste, elle ne s'y serait pas risquée, seule, à travers le désert, les Hauts Plateaux et les replis des montagnes de l'Atlas Tellien – réputés pour leurs embuscades – avant Oran. La route n'est pas encore tout à fait sûre. Selma quitte Aïn Eddar à quatre heures du matin. Le car part de Béchar à cinq heures moins le quart.

Il fait nuit. Selma s'assied à la première place. Le car ne doit pas être tout à fait plein. Le siège auprès d'elle demeure inoccupé. Avec son pantalon en cuir et sa crinière, on préfère la regarder de loin. De biais. Tant mieux pour elle. Elle pourra bouger à son aise. A l'instant où le car démarre, l'assistant du chauffeur allume un lecteur de cassettes qui entonne des versets du Coran. La voix est envoûtante. Dans le car, règne un silence de mort. Le récital semble entraîner, dérouler le ronronnement du moteur. Ce Coran que Selma n'a pas entendu à l'enterrement de sa mère, puisqu'elle n'y était pas, elle y a droit quand même. Au sortir de Béchar, elle a la curieuse sensation d'emporter le corps de la mère avec elle, sous l'escorte d'une assemblée solennelle et le texte sacré pour oraison funèbre. Dans la nuit immémoriale de la mort. Une des lectures marquantes de l'adolescence, *Tandis que j'agonise* de Faulkner, lui revient en mémoire.

Pour échapper aux impressions troublantes, Selma concentre son attention sur le halo de la lumière des phares qui ouvre la route. Elle ne voit rien du paysage plongé dans l'obscurité. Mais elle le connaît par cœur et s'applique à le deviner. Les regs, les hamadas sans autre limite que la ligne de l'horizon. Les accidents des oueds, les coulées des palmiers et des lauriers, leurs incrustations de jade dans les déclinaisons de l'aridité. L'apparition soudaine d'une colline semblable à quelque insomniaque cabré par la léthargie des ocres, la perdition des immensités.

Puis, l'aube sur le désert. L'aube dans cet espace minéral, une hallucination suscitée par les incantations du Coran. L'ensemble des voyageurs du car se prosterne avant de saluer le Créateur par un même fervent bourdonnement. Le chauffeur se gare aussitôt. La plupart des hommes descendent pour la prière d'*El Fajr*.

Athée depuis l'adolescence, Selma n'en est pas moins émue par la vision d'un homme qui s'arrête, seul, pour prier face à l'infini du désert, à la fois paisible et humble, tout entier dans l'authenticité du sentiment religieux. En comparaison, le groupe qui s'exécute là, à quelques mètres du car, montre une ostentation déplaisante. Le geste théâtral, ils s'épient. Leur mine empeste la fausse dévotion. Il n'est pas jusqu'à leur accoutrement, pour partie emprunté à l'uniforme intégriste, qui ne traduise la tartuferie. Selma observe les voyageurs restés dans le car. Outre cinq autres femmes dont deux voilées, une poignée de jeunes gens ont dédaigné de faire partie du troupeau. En regagnant le car, les zélés les foudroient du regard avant de s'en détourner avec mépris – comme pour leur signifier leur bannissement du monde – tandis que, d'un ton bourru, ils continuent à ânonner une grâce au Seigneur ou à implorer encore Son pardon. Le pardon de quoi ? Pourquoi ? Pour la misère dans laquelle ils vivent ? Pour le péché d'exister ? Qu'ont-ils commis d'autre que de galvauder leur religiosité au point de la réduire à une imposture ? Du reste, demander pardon à Allah n'a jamais empêché la chienlit intégriste de massacrer ses créatures... Deux ou trois petits malins reviennent vers le car en reboutonnant leur braguette. De toute évidence, pour ceux-là, pisser soulage plus que prier et s'abriter derrière un buisson donne le change.

Le car est censé arriver à Oran à dix-sept heures. S'il doit s'arrêter pour chacune des prières et autres besoins, Selma craint de n'atteindre sa destination que tard dans la nuit.

Trois heures de Coran, un vrai lavage puis gavage de cerveau. Selma en est nauséeuse. Par la suite, raï à tue-tête ou disco. La beauté des steppes d'alpha des Hauts Plateaux, derrière les fenêtres, est une épure dont la sérénité contraste avec l'excès des décibels, les rodomontades de quelques passagers et les péroraisons du Coran.

En fin d'après-midi, s'estompent les ocres et les mauves des Hauts Plateaux. La terre se fait blafarde, tout à coup atteinte de pelade. Puis des buissons encore incertains percent ici et là. Hélas ! l'approche du Tell se reconnaît moins à la densité des maquis qu'au nombre de sacs en plastique que les vents ont crachés là et qui les infestent. Toute la contrée prend l'aspect pouilleux des pourtours de décharges.

Dans une bousculade de gouffres encaissés et de cimes, l'altitude arrache le paysage à cette pollution. La route serpente et monte à n'en plus finir. A dix-huit heures, le car est en train de s'essouffler sur les plus hauts lacets de l'Atlas lorsqu'il tombe en panne et que s'arrête, enfin, l'infernale radiocassette.

Le ciel s'affaise par-dessus les montagnes. Il prend une couleur de lait et se répand aux échancrures des cols en coulées qui fument au contact de la roche. L'immobilité et le silence font bloc, donnant l'impression d'une apnée cosmique avant que, soudain, s'abatte une tourmente de neige. « La première depuis combien d'années ? », se demandent les voyageurs. Tandis qu'ils parlementent à propos des neiges d'antan, fourbue par ce long périple, Selma allonge les jambes sur le siège, se tourne vers la fenêtre et s'abandonne à la contemplation du rideau moucheté des flocons.

En fée de toutes les grâces, la neige habille combes et sommets de fourrures, de tulle et de dentelles immaculées, sertit les arbres d'ultimes parures. Et voici que, peu à peu, la magie opère en Selma aussi, sa joie revient déjouant les pièges familiaux, tandis que se dissipent les sortilèges de l'enfance.

Mes remerciements à Boris Cyrulnik.

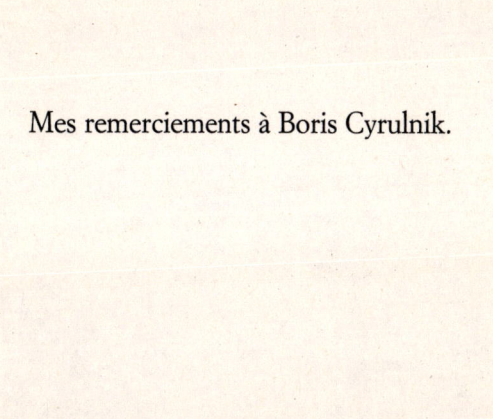

Table

Ce vent hanté.	11
La mort non enregistrée.	19
L'accident vital de mémoire.	25
Contre toi.	39
La confrontation	51
On était bien obligés de tout étouffer	65
Face à la mer	79
L'unique semaine seule avec elle	85
Vous occupez ma place	99
Pas une goutte de son lait	111
Le désert détourné.	123
Mal de mère.	135

Du même auteur :

LES HOMMES QUI MARCHENT, Ramsay, 1990 ; Grasset, 1997 ; Le Livre de Poche, 1999.
LE SIÈCLE DES SAUTERELLES, Ramsay, 1992 ; Le Livre de Poche, 1996.
L'INTERDITE, Grasset, 1993 (Prix Méditerranée des jeunes. Mention spéciale Jury Femina) ; Le Livre de Poche, 1995.
DES RÊVES ET DES ASSASSINS, Grasset, 1995 ; Le Livre de Poche, 1997.
LA NUIT DE LA LÉZARDE, Grasset, 1998 ; Le Livre de Poche, 1999.
N'ZID, Seuil, 2001.
LA TRANSE DES INSOUMIS, Grasset, 2003 ; Le Livre de Poche, 2005.
MES HOMMES, Grasset, 2005 ; Le Livre de Poche, 2007.
LA DÉSIRANTE, Grasset, 2011.

Composition réalisée par IGS-CP

Achevé d'imprimer en février 2011, en France sur Presse Offset par
Maury-Imprimeur - 45330 Malesherbes
N° d'imprimeur : 162305
Dépôt légal 1re publication : mars 2011
LIBRAIRIE GÉNÉRALE FRANÇAISE - 31, rue de Fleurus - 75278 Paris Cedex 06

31/2742/0